該你出頭了

◉劉墉著

天再冷，春花還是會開；
時局再不好，該你出頭的日子，
你還是會出頭！

【前言】

斟上一杯雞尾酒

二〇〇二年冬，我爲了慶祝自己創作三十週年，特別將已經絕版十七年的《螢窗小語》第四集，重新編排增刪，改名爲《人就這麼一輩子》出版。

沒想到第一刷只印八千，推出之後，在短短三個月間居然加印到五萬本。

有人分析暢銷的原因是封面和書名吸引人，有人認爲是售價便宜，有人表示由於絕版太久；有人說是因爲每一篇都精簡而直接，很適合忙碌的現代人閱讀。

◉

對於大家的分析我不敢置評，倒是覺得自己在重編舊作時有了不少收穫。譬如在這本以《螢窗小語第五集》改編成的《該你出頭了》

裏，我可以見到自己二十多年前寫〈纖纖玉手〉時說：「女人的手粗糙乾硬，一定是因她曾爲家事操勞。她照顧孩子、體貼丈夫，將庭院的草剪得平平整整，將房裏每個角落打掃得一塵不染……」。

我那時顯然有點大男人沙文主義，認爲女人只適合待在家裏，所以而今改寫時加入了「她可能專心工作、親手操持，犧牲原本柔細的雙手，成就一番事業。」

◉

又譬如當年在〈殘廢與殘障〉文章裏，我呼籲大家不要再用「殘廢」這個詞，而該改爲「殘障」。但是今天我覺得「殘障」還不妥當，非但應該用「身心障礙」，而且可以更進一步，成爲「身心待治」。因爲醫學進步，說不定很快就能爲缺手的人換上新手，盲聾的人裝上新眼睛和新耳朵。於是這世上就沒有身心障礙，只有「有障礙，還沒治療」的人了。

◉

此外，在原版《螢窗小語第五集》裏，有一篇〈十全十美〉，大意是說父母在子女的眼中多半是十全十美的。過去二十多年間，我不知爲此接到多少讀者的抗議，說父母也是人，不可能十全十美，父母更不像我寫的「對子女不自私、不要求回報、沒半點虛假。」

而今我想想，可不是嗎？我當年顯然是以自己看父母的觀點，強加在讀者身上，所以在這本新編的書中，將那篇文章刪除。

我發現二十五年間，這個社會和我自己都確實有不少改變，所以幾乎每篇舊作都有了改動，其中最重要的是簡化，我覺得今天的讀者遠比二十多年前敏銳，所以過去需要再三說明的，今天只消「點到爲止」。

《螢窗小語第五集》是一九七八年，我來美之後寫作的第一本書，也可以說是正當我人生最大轉變的時候。今天讀來，自己也感慨良多，彷彿又回到冰天雪地初抵異鄉、四處漂泊的歲月。

那一年我作丹維爾美術館的「駐館藝術家」，每天到各學校介紹中國繪畫，可能早上在大學，下午又跑去小學。

正因此，在這本書裏有不少寓言故事，都是我說給小學生聽的東西，今天讀來，那些孩子童稚的面孔，和一雙雙入神的大眼睛，都浮現在我的眼前。

◉

與《人就這麼一輩子》相同，這本書裏也加入了許多新作。所以我說這本書不是「新瓶裝舊酒」，是「新瓶裝雞尾酒」，希望既有二十五年陳酒的「醇」香，又有今年新釀的「果」香。

編寫完成的日子是四月七號，明明已是春天，窗外居然飄下大片大片的雪花。打開電視，氣象播報員正預告雪會下到六英寸，倒是結尾時笑嘻嘻說的一段話很令人開心——

「今年是奇冷、反常地冷，但是別怕！所有的花都準備好了。不信你撥開積雪看看，鬱金香、風信子、番紅花都冒出頭了。」

可不是嗎?天再冷,春花還是會開;時局再不好,該你出頭的日子,你還是會出頭!

目錄

要得到佛光不能靠別人，
只能靠自己！

佛光

到峨嵋山，大家都希望見到「佛光」。

據說看佛光要在天氣晴朗的午後，當雲霧漸漸由山谷升起，站在峨嵋山的「金頂」，陽光由背後射來，可以看見雲霧間一個人影，四周環繞著七彩的光環。

「那不過是自己的影子，被陽光照在雲霧上，又因為空氣中的水氣，造成彩虹折射的效果罷了。」看完佛光，我對峨嵋山報國寺的和尚說。

原以為他會不同意，沒想到他一笑：

「可不是嗎？眾生皆有佛性，人人可以成佛，要得到佛光不能靠別人，只能靠自己！」

裝上黑白的心情，看到黑白的世界；
裝上彩色的心情，看到彩色的世界。

彩色的心情

同樣的照相機，裝上黑白的底片，拍出黑白的照片；裝上彩色的底片，拍出彩色的照片。

同樣的眼睛，裝上黑白的心情，看到黑白的世界；裝上彩色的心情，看到彩色的世界。

◉

每天早上起床之前，先想想——

你今天要爲眼睛裝上「黑白」還是「彩色」的底片？

只有當我們將「等待美好明天」的「等待」改為「開創」時，才能擁有一個真正屬於自己的、美好的明天。

相信明天會更好

「讓我們等待一個美好的明天吧！」

每當我聽到這句話，就會想，明天眞的那麼美好嗎？我只知道，不論今天多麼令人留戀，明天總會毫不猶豫地將今天推走；我也知道，不論抗議或沉默，生存或死亡，明天總是不停地來到。

明天是無情的，它很快地變爲今天、化做昨天、成爲往日。

明天是未可知的，像一連串的問號，用它彎彎的鉤子，鉤著我們又向前跨進一日，又長大三百六十五分之一歲，又不知覺地增添了些、減少了些。

明天是辛苦的，要上學、要考試、要工作、要競爭、要戰鬥，只要有一件事沒辦好，明天就翻臉不認人。

明天是脆弱的，如同人生的幸福一般；可能有病痛、有戰爭、有親人永遠離我們而去，即使是一片瓦默默地滑落，也可能奪走我們的生命。

◉

但是，我們不能因此就說明天不再美好，只能說明天太純了，如同一張白紙，雪白得令人發慌。我們可以將它接過來，再隨手遞出去，成為一張零分的白卷；也可以在上面亂塗幾筆，成為糟糕的作品；但更可以賦予它優美的色彩、巧妙的情思，成為不朽的傑作。

◉

所以明天又是操之在我的，是等待我們去開創、去塑造的。對於那些戀人，明天可能是他們的佳期；對於那些辛苦耕耘的人，明天可能是收穫的日子；對於那些勇士，明天或許面臨戰鬥，卻可能得來勝利；對於那些反抗暴政的人們，明天或許最艱苦，卻可能重獲自由。即使有一位偉人不幸在明天逝去，也絕不是明天戰勝了他，而是他偉大了明天，使明天成為一個被人們永遠紀念的日子。

◉不要等明天向我們走來，讓我們走向明天吧！只有當我們將「等待美好明天」的「等待」改爲「開創」時，才能擁有一個眞正屬於自己的、美好的明天。

不論美麗與醜陋、輕盈與遲緩，
只要由上帝創造，一定都是完美的！

毛蟲的願望

有一隻毛蟲，覺得自己長得既醜陋，行動又不靈活，終日悶悶不樂，有一天憋不住了，終於去對上帝抱怨：

「上帝呀！您創造萬物固然非常神妙，但是我覺得您安排我的一生，卻不高明。您把我的一生分成兩個階段，不是既醜陋又遲笨，就是既美麗又輕盈，使我在前一個階段受盡人們的辱罵，後一個階段又獲得詩人的歌頌。壞就壞到家，好又好得過火，這未免太不合理了。您何不平均一下，讓我現在雖然醜一點，卻能行動得輕巧一些；以後當蝴蝶時，外貌長得漂亮，但行動遲緩一點。這樣我作毛蟲和蝴蝶的兩個階段，不就都能過得很愉快了嗎？」

「你大概以爲自己的構想不錯。」上帝說：「但是你有沒有想到，如果那樣做，你根本活不了多久。」

「爲什麼呢？」毛蟲搖著大腦袋問。

「因爲如果你有蝴蝶的美貌，卻只有毛蟲的速度，一下子就會被捉走了。」上帝說：「你要知道，正因爲你的行動遲緩，我才賜給你醜陋的外貌，使大家都不敢碰你；他們的不理不睬，對你只有好處沒有壞處啊。現在你還希望我採納你的構想嗎？」

「不！不！不！請維持您原來的安排吧！」毛蟲慌張地說：「現在我才知道，不論美麗與醜陋、輕盈與遲緩，只要由您創造，一定都是完美的！」

就因為太陽每一刻都在地平線上滾動，所以這個世界才總有日落與日出；就因為我們總是不斷追逐理想中的地平線，所以這個世界才能不斷地進步！

神馬

阿拉伯國家除了石油之外，更以出產良馬聞名，所以當我到阿拉伯旅行的時候，特別請求當地的朋友，帶我去拜訪一位著名的馴馬師。

我們開車進入沙漠，找到馴馬師，已經是傍晚了，馴馬師正牽著馬在欣賞落日。

「您在看落日餘暉的美景嗎？」我問。

「不！我們在看地平線。」馴馬師回答：「日落的時候，地平線最清楚，它把太陽一寸寸切割下去。」

「馬也會欣賞地平線嗎？」

「當然！地平線是馬的夢想，馬的一生就在追逐地平線。」馴馬師說。

「可是地平線永遠也追不到啊！」我講。

「馬並不曉得自己追不到，所以牠不停地追，追逐一生。」

「可是每一刻我們都站在別人眼裏的地平線上啊！」我改口說。

「馬也不知自己追到了，所以牠還是不停地追，追逐一生。」

「這不是很矛盾嗎？既然追不到，何必要追？既然已經追到了，何必還追？」我覺得有點好笑。

「你來這裏做什麼？」他沒有答我的話，卻反過來問我。

「我來旅行，我想看看這個廣大的世界，創造一些更好的文學和藝術作品。」我說。

「這個世界，你一輩子能看得完嗎？」

「看不完！」我說。

「那你爲什麼還要看？」

我沒答話，他繼續問：

「你大概是個藝術家，你有一點名氣嗎？」

「我是學藝術的，也被一些人知道。」我說。

「有人羨慕你的成就嗎？」他追問。

「可能有！」

「那你爲什麼還想創造更好的作品？想看更多的地方？想學更多的東西？」

我無法回答。

「我告訴你吧！每一個人都會死，但是有幾個人在他死的時候，認爲一生該做的事都做了？該看的東西都看了？每一個人都有『比上不足，比下有餘』的地方，但是又有幾個人，因爲想到自己比下已有餘，而放棄了更高的理想？就因爲太陽每一刻都在地平線上滾動，所以這個世界才總有日落與日出；就因爲我們總是不斷追逐理想中的地平線，所以這個世界才能不斷地進步！」馴馬師頓了一下，說：「現在已經天黑了，你就住在這兒，明天再聊吧！」

◉

早上起來，看見馴馬師正指揮著一群馬在繞圈子，其中有雄健的大馬，也有很小的幼馬。離這圈馬不遠，馴馬師的助手正一邊喝叱著馬跑，一邊抓著馬鞍做上下馬背及左右跳躍的動作，看來活像馬戲團的特技表演。

近中午，太陽烈得很，馴馬師卻和他的助手們，馳馬到沙漠深處，一片黃沙落定，已不見他們的蹤影。

下午四點，地平線又捲起一片黃塵，且夾帶著閃閃金光，當他們馳近時，才發現每人手上都拿著一把彎刀，彷彿出征歸來的樣子。

傍晚，馴馬師又牽著馬，遙望那彎彎的地平線。

◉

對於這一日所見，我實在非常迷惑，此刻抓到機會，趕緊跑了過去。

「請問您是否能把這一天當中幾種訓練馬的方法爲我講解一下？」我說：「您爲什麼叫那些馬繞圈子呢？」

「因爲我教那些小馬，跟在大馬的後面，學習聽口令及順服。沒有大馬的帶領，小馬是很難教的。如果我是老師，大馬就是家長，我在學校教導，父母在家中帶領，任何一方都不能少。」馴馬師說。

「您的助手又爲什麼要在馬跑時拉著馬鞍上下左右地縱跳呢？」

「這是教馬學習平衡、維持穩定，不致因爲騎士的傾斜搖擺而影響奔跑。」他回答。

「中午的時候，沙漠裏熱得讓人受不了，您又爲什麼要率領馬隊出去？」我問：「你們是去打仗嗎？我發現每個人都帶了刀。」

「我們不是去打仗，而是去訓練馬。」馴馬師說：「正因爲天氣熱，所以我們要騎馬出去，叫牠們忍受飢渴，在一望無際、其熱如焚的沙漠奔跑，這是一種歷練，禁得起的才能成爲千里馬。至於彎刀，我們是舞給馬看的，在下午四點日斜的時刻，最能反射刀光，我們故意用刀光閃爍刺激馬的眼睛，並相互擊打，發出強烈的音響。經歷這種場面，還能鎭定冷靜，毫不慌亂的，才能成爲最好的戰馬。」

◉

太陽落下地平線，我們和馬匹都成爲黑色的剪影，貼上深藍的星空。遠處有人燃起熊熊的營火，並傳來晚禱的歌聲，虔誠的回教徒，齊一跪在地上，向聖城麥加膜拜，感謝這美好的一天，整個沙漠在悠揚的歌聲裏，顯得無比寧靜而祥和。

走回營帳的途中，馴馬師對我說：「雖是人們在晚禱，但對於馬來講，也是一種教育。馬就像人一樣啊！牠們要好的老師、好的家教；牠們要學習鎮定、接受考驗；牠們要能出生入死而不膽怯，面對爭戰而不慌亂；不爲強權所凌，不爲美食所誘；牠們更要有定心的功夫，在夜闌人靜的時刻，將白日的爭逐淡忘、榮辱看開，用感恩的心，洗去驕奢；以寧靜的心，除去疲困。唯有這樣，馬才能成爲神馬，人才能成爲偉人哪！」

人情味不是偏私，而是博愛；
不是施捨，而是關懷；
不是表面的禮貌，而是內心的尊重。

人情味

我們常用「人情味」這三個字，卻有許多時候把人情味的意義弄錯了。

人情味不是爭先恐後、你爭我奪地擠上公共汽車，再拉拉扯扯地把座位讓給自己的朋友。

人情味不是逢年過節時，裝厚厚的紅包、提滿籃的水果送禮。

人情味不是在長長的隊伍中，偷偷叫自己的親友插入。

人情味不是在辦公事的時候，賣一點私人關係。

◉

然則，什麼是眞正的人情味呢？

人情味是在漆黑的巷弄裏，點亮自己門前的小燈；在艷陽高照時，擺一個奉茶的壺。

人情味是當失敗的運動員回國時，到機場迎接；在正得意的朋友耳邊，講忠告的話。

人情味是幫助殘疾者行動，鼓勵懦弱者站起；是把自己多餘的給予那些缺少的人；是把自己的得意分給那些失意者。

◉最重要的——

人情味不是偏私，而是博愛；不是施捨，而是關懷；不是表面的禮貌，而是內心的尊重。

人情味是「人類」互助的一種表現，使你覺得做爲一個「人」的可貴，並親愛每一個「人」。

人情味是「情」感的一種表現，使你覺得那不是表面的「情狀」，而是深厚的「情懷」。

人情味更是一種說不出的滋「味」，使你覺得意「味」深長，耐人尋「味」。

把自己最後一分力量完完全全地奉獻出去，
哪怕破得體無完膚，總比被束之高閣，
安安穩穩地作一本「古董書」有價值得多啊！

舊書攤

你逛過舊書攤嗎？那眞是個有意思的地方——

在那些破舊的書裏，你可以找到已經絕版的好書、價值連城的碑帖；你也可能發現歷久彌新的學問、著名學者的眉批。那是古老記憶的收藏所，收藏了許多學子的時間；那是珍貴知識的提供所，提供許多不朽的資料。

多少人就從那些書中領悟了生命的道理，多少新書就因爲那些舊書的引導而產生。

所以，儘管那些書已不再具有鮮麗的外貌，仍然有著不容忽視的魅力。

◉

如果我是一本舊書，除非我能經常被主人或他的親友從書架上取下閱讀，否則我寧願被賣到舊書攤上，讓我對那些懷舊的顧客述說古老的回憶；讓我對「新新人類」展示一些過去的光華；讓我以雖然沙啞卻依然蒼勁的聲音，繼續發表我的演說；讓貧窮的人從我身上找到無價的學問；讓卑微的學子從我這兒找到理想與抱負。

把自己最後一分力量完完全全地奉獻出去，哪怕破得體無完膚，總比被束之高閣，安安穩穩地作一本「古董書」有價值得多啊！

寫字固然表現的是鉤、勒、頓、挫，
神妙卻往往在「布白」處；
繪畫固然描寫的是山、水、樹、石，氣韻卻往往在「空靈」處。

讀帖與讀畫

我們常說「讀書」、「臨帖」、「畫畫」，其實不只書可以讀，帖和畫也是能讀的——

學寫字，除了要練習「八法」，還得觀察字的體勢、結構，揣摩其中的風骨、精神；學畫除了要練習點、染、皴、擦的技法，更得玩味前人巨蹟，觀其構圖、佈局，得其神韻、丰采。然後胸中默記書道畫理，腕下自然能合法度；心中含蘊情思哲理，手底自然能見性靈。

◉

所以寫字固然表現的是鉤、勒、頓、挫，神妙卻往往在「布白」處；繪畫固然描寫的是山、水、樹、石，氣韻卻往往在「空靈」處，如果只在表面下工夫，是很難有「神品」出現的。

女人不是因為美麗而可愛，
是因為可愛而美麗。

美就是愛

有個朋友娶了位年輕貌美的女明星，大家正羨慕呢，他們卻閃電離婚了。

過不久，那朋友再婚，娶個相貌非常平凡的女子，兩個人卻相愛得要死。

「你不覺得上一個太太漂亮得多嗎？」有好事的人問那朋友。

「不覺得啊！我只知道她發起脾氣、瞪起眼睛的時候好可怕。」朋友說：「還是現在的太太好，漂亮、優雅又賢慧。」

問話的人笑道：

「我懂了！怪不得有句俗話說——女人不是因爲美麗而可愛，是因爲可愛而美麗。」

◉

兒不嫌母醜，狗不嫌家貧；愛斯基摩人不嫌阿拉斯加天寒地凍。

只要你愛那個人、愛那塊土地，你就覺得他美。

美就是愛！

「精而不明」好比有好槍卻沒有好射手。
「能而不幹」好比有滿倉的彈藥，卻沒有軍隊。

精明能幹

我們常讚美人「精明能幹」，問題是「精」的人一定「明」，「能」的人一定「幹」嗎？

許多人很精到，彷彿一點虧都不能吃，問題是他的視線不清，總走歪路，是「精而不明」。

又有些人能力超強好像樣樣精通，可惜不努力、沒行動，是「能而不幹」。

◉

「精而不明」好比有好槍卻沒有好射手。

「能而不幹」好比有滿倉的彈藥，卻沒有軍隊。

只有眞正「精明能幹」的，能打贏人生的這場硬仗。

沒有歲月的流轉，萬物便無法進化；
沒有人類的傳遞，知識便無法匯集。

點點滴滴

山岳是平原之父，川流是平原之母。沒有岡陵的奉獻，便沒有江河中的泥沙；沒有川流的沖積，就沒有肥沃的平原。

歲月是文明之父，人類是文明之母。沒有歲月的流轉，萬物便無法進化；沒有人類的傳遞，知識便無法匯集。

聳峙的山岳崩頹了，漫長的歲月飄逝了，廣漠的原野展現了，偉大的文明建立了。但你可曾覺察到那涓滴雨水的侵蝕，分分秒秒的改變？你可曾發現那川流中夾帶的塵沙，點點滴滴的累積。

偉大事物的建立，常在我們的不知不覺中啊！

因為沒有一位真天才，會說自己是「天才」；
也沒有一個總是把「天才」掛在嘴邊的人，
自己能夠成為天才。

不談天才

初習畫的學生常愛問：「老師！我沒有天才，能不能學畫？」、「老師！您看我有沒有天才？」

我覺得「天才」這個詞是最害人的了。因爲成功者可以拿它來作招牌，說自己的成功是由於了不起的天才；失敗者又能拿它作擋箭牌，把自己的失敗歸咎於沒有天才。於是成功者就被神化了，彷彿他們出生時，已經帶了「五色筆」，不必努力也能成功；失敗者就以沒有天才而自我妥協了，似乎自己什麼地方都沒錯，錯的是父母未能將自己生成一個天才。

◉

其實天才是什麼？天才只是一個虛幻的名詞罷了！如果硬要爲天才作個註解，我想那應該是「自行激發的能力、追求最高理想的欲望和鍥而不舍的努力。」

最後，我希望大家少用「天才」這個詞。因爲沒有一位眞天才，會說自己是「天才」；也沒有一個總是把「天才」掛在嘴邊的人，自己能夠成爲天才。

平實的奮鬥，雖不能如某些投機者獲得暴利，卻會遠比投機失敗的人來得富足。

拓荒者

一個父親帶著孩子到荒野開墾，同一時間，也有不少淘金客到附近的山裏尋礦。

孩子看見許多人都去淘金，自己的父親卻辛苦地種田，就問：「爸爸！我們會像那些挖到金礦的人一樣有錢嗎？」

父親笑了笑，肯定地回答：「不會，但我們會比那些沒挖到的人富有。」

◉

平實的奮鬥，雖不能如某些投機者獲得暴利，卻會遠比投機失敗的人來得富足。

雖然脾氣怪異、不矜細行的人，常有特殊的才華，
但是許多主管就因為討厭小毛病，
而不願用那些人才。

小刺

吃魚的時候，小刺要比大刺麻煩，因爲大刺容易發現，小刺必須下很大的功夫才能清除。

做人，小毛病要比大毛病難於改正，因爲大的差錯，很容易見到，小缺點卻必須格外留意才會發現。

雖然有小刺的魚，經常肉都特別細膩而鮮美，但是許多人就因爲怕小刺，而不願吃那種魚。

雖然脾氣怪異、不矜細行的人，常有特殊的才華，但是許多主管就因爲討厭小毛病，而不願用那些人才。

如果人們真要笑，就去笑那些不以小丑為工作，
卻做出小丑樣子的傢伙吧！

小丑

馬戲團幾乎都少不了小丑，他們穿著蓬鬆的布袋裝，畫著紅白的面孔，戴著尖長的帽子，專做些滑稽動作，逗滿場的觀眾大笑。

我曾訪問一個馬戲班的小丑，請他談談自己的感想。

沒想到他嘆口氣：

「小丑只是我的工作，我並不是小丑，但是人們似乎覺得我天生就是一個又傻又呆、只會虐待自己的小丑。其實啊，我倒覺得他們傻，因爲他們的笑似乎就控制在我手裏，我的一舉手、一投足，都能叫他們大笑不止。

但是人們非但不覺得自己傻，反而看不起我，他們在場子裏笑我，在場子外也指著我笑，使我的孩子都不敢跟他的同學講爸爸是個小丑。其實人們何嘗不好笑呢？他們種田，弄得滿手是泥；他們做工，

累得渾身大汗；他們上班，忙得焦頭爛額，我不去笑他們，他們爲什麼來笑我呢？要知道：不論工、農、商、兵或小丑，都是工作，也沒有貴賤之分。軍人保衛我、農人給我吃、工人製造東西給我用、公務員爲我辦理許多事務，我則以小丑的娛樂回報，我們都在對社會貢獻一分力量啊！

如果人們眞要笑，就去笑那些不以小丑爲工作，卻做出小丑樣子的傢伙吧！那些人不知踏實地工作、正直地做人，卻專循小徑、拉關係。他們把原本長長的臉擠成圓圓的笑，去諂媚權貴；又把原本圓圓的臉拉得長長的，擺給可憐的人看；小丑不是他們的工作，他們卻寧願當小丑，且不承認自己是小丑，才眞令人覺得可笑啊！」

說完，小丑笑了，而且笑不可禁，笑彎了腰。

生意不是只做一天的，朋友不是只交一次的；
我們唯有建立自己的信譽，
才能得到長久的生意，永遠的朋友。

生意不是一天的

我裱畫的時候，經常一次就是十幾張，雖然那不是小數目，但我從來不與裱畫店老闆討價還價，因爲老闆曾對我說過：「生意不是一天的。」

我印書的時候，經常一次就是上萬本，雖然那不便宜，但我從來不叫印刷廠先送估價單，因爲我曾對老闆說：「生意不是一天的！」

「生意不是一天的！」我非常相信這句話的效應，就因爲這句話，裱畫店從來不多要我的錢；也就因爲以後還有更多的生意，印刷廠算我的價錢一向公道，因爲他們明白——只要一次不實在，以後的生意就都沒了。

生意不是只做一天的，朋友不是只交一次的；我們唯有建立自己的信譽，才能得到長久的生意，永遠的朋友。

讓我們掃盡荊棘，把路踏得更平吧！
讓我們撿起紙屑果皮，把風景區維持得更美吧！
讓我們設更多的路標，使不再有迷途的孩子吧！

生之旅

當我小的時候，每次班上要郊遊，總會興奮地不得了，尤其遠足的前一天晚上，更是拉著大人爲我準備。其實不用我操心，父母就會把需要的東西裝進旅行袋，並且催我早早上床。

第二天，帶著父母的叮嚀、滿懷的欣喜和對目標的憧憬，背著水壺和內容充實的旅行袋踏上行程。通常剛出發時大家最興奮，在車上盡情地歌唱，但是下車之後往往有好長一段路要走，就沒那麼輕鬆了，背上的行囊，似乎也愈變愈重。記得那時我曾經對老師抱怨：「爲什麼這麼遠，還沒到哇？」

「這才叫遠足啊！而且走得愈遠，風景愈好。」老師說。

終於到達目的地，有一種好輕鬆的感覺，但是看看周遭的風景，大家似乎又覺得不如當初想像的美。直到這個在溪裏抓到隻小蝦，那個在山後發現了大洞，才漸漸覺得有玩不盡的地方。可是也就在這興致正濃的時候，老師吹哨子，又得回家了。

◉人生的旅途不也如此嗎？

童年時，我們在父母的呵護下成長，他們為我們安排一切，我們只要滿懷著夢想，憧憬著明天就可以了。

但是當我們逐漸長大，就不得不離開父母的身邊，帶著雙親的殷望，與少年的理想闖天下。我們要讀比自己高出許多倍的書，走長遠而坎坷的路，度不曾經歷的寂寞的夜，受難以忍耐的寒冷與煎熬，世界似乎愈來愈不及我們童年想像的美好。儘管師長總對我們說：「吃得苦中苦，方為人上人」、「十年寒窗無人問，一舉成名天下知」。但成功是那樣遙遠而艱苦，我們多麼想重溫童年的美夢啊！

然後，我們或許闖出了一點事業，一點不盡如人意的事業。雖然再沒有人逼我們念不想念的書，走懶得走的路，我們卻得去找自己需要的書，開創屬於自己的路。最可憐的是當我們發現這個世界如此美好，漸漸能實現童年的美夢時，卻暮色已濃，年已垂老，不得不告別人世了。

◉

朋友！趁著時間還早，

讓我們掃盡荊棘，把路踏得更平吧！

讓我們撿起紙屑果皮，把風景區維持得更美吧！

讓我們設更多的路標，使不再有迷途的孩子吧！

儘管我們終將離去，但這裏還會有無數的遊客來；我們如此做，他們才不致失望，我們也才不辜負自己的「生之旅」啊！

殘只能成為行動的障礙，
卻不能殘到人的心靈。
所以今天「只有身心障礙，沒有殘障」。

殘與障

在國內作記者時，我曾到一所傷殘中心採訪，當時院長對我說：「我希望您以後在寫文章的時候，能呼籲社會大眾，把『殘廢』這個詞改爲『殘障』，因爲『殘』只能造成『障』，卻不一定能使殘者廢，我們要鼓勵殘而不廢，使他們能勇敢地面對人生，開創未來。」

◉

二十年後，我又造訪那傷殘中心。院長早已換人，新院長說：「殘只能成爲行動的障礙，卻不能殘到人的心靈。我們『人殘心不殘』，所以今天只有身心障礙，沒有殘障。」

回家的路上，我想：會不會因爲醫學進步，再過二十年，那身心障礙也不再成障礙，於是又有新的名稱，成爲「身心待治」了呢？

希望那天能早早到來。

助人獲得的快樂，才是世間最大的財富。

用不完的遺產

一九七六年春天，我因爲應美國維州理工大學的邀請，前往演講，而暫住在中國教授蔣寧熙的家裏。

蔣教授出身江蘇泰縣的望族，談到家鄉，總有說不完的故事，其中給我印象最深的是他講的這麼一段往事：

「每年春天，到了陽光普照的日子，祖父都要曬書，有一次當我幫著到書庫搬書的時候，發現三個大鐵箱子，我問祖父：『那裏面裝的是什麼東西啊？』

『那是你曾高祖父傳下來的，十輩子也用不完的金銀財寶。』祖父說。

我一聽說是如此貴重的東西，就急著要看，豈知當祖父打開那厚厚的鐵箱時，呈現在眼前的，竟然是一些又黃又舊的文件。

『哪裏有金銀財寶啊？』我問。

『這不是嗎？』祖父笑著說：『這些都是別人向我們借錢寫下的字據，但你曾高祖父說全都不要了，因爲別人借錢總是有苦處，如果他度過難關，自然會來還，如果仍然困苦，我們又何必去追討呢？』

『那還留著做什麼？』我問。

『給你們用啊！』祖父說。

『既然已經不要了，又如何用呢？』

『給你和你的子孫們看，告訴他們錢是身外之物，如果自己有的是，就應當幫助那些需要的人，所以我說這是你十輩子也用不完的金銀財寶。』祖父叮囑我：『助人獲得的快樂，才是世間最大的財富。』

只有接觸他，才知道他的分量；
只有了解他，才知道他的內涵。

麻豆文旦

臺南的麻豆文旦可以說是聞名全省，但是當我小時候第一次看到它時，眞不敢相信那貌不驚人的小東西會是麻豆文旦。因爲它不但小，而且表面看來乾乾癟癟，毫不吸引人，彷彿是擺上幾個月賣不出去，而變乾變黃，將要發霉的水果一般。

但是當我拿起麻豆文旦時發現，它雖然不大，卻沉甸甸的，不像某些差的品種，表面看來又大又飽滿，卻因爲皮厚、汁少而沒有幾分重量。

至於剝開品嘗，就更令我驚訝了，因爲它表面雖然乾癟，裏面卻皮薄、子少、肉多、晶瑩細膩、甜美多汁，眞可以說是入口即化、滋味無窮。

而今市面上賣的文旦，許多不是來自麻豆，卻貼上「麻豆文旦」的標誌，但我仍能很容易地分辨，因為我知道文旦就像人，有的人只重表面，內裏毫無內容；有的人外貌雖然平凡，胸中卻含蘊博厚。

◉

選擇文旦時，只有拿起它，才知道它的重量；只有品嘗它，才知道它的滋味。選擇朋友時，只有接觸他，才知道他的分量；只有了解他，才知道他的內涵。

即使醫學和宗教的奇蹟，
也會有合於科學的道理。

魔術

大概許多人都喜歡看魔術吧？看那魔術師以奇妙的魔術棒輕輕一點，就變出成籠的白鴿，遁走整打的酒瓶；看那魔術師將袍子一撐，就送上整桌的菜肴，端出滿缸的美酒；至於大鋸活人、亂劍穿身、箱內隱形、袋中脫困，就更是奇妙了。

魔術是一種魔法嗎？人人都知道不是，因爲魔術不是無中生有，而是一種巧妙的手法；所有的東西都沒有幻化，迷惑的只是人們的眼睛。所以魔術不是「魔」，而是「術」，只因爲我們無法窺透，所以稱之爲「魔術」。

◉

會變魔術的人眞是太多了，他們不一定是魔術師，變的也不一定是娛樂觀眾的戲法，而是使用各種權術、詐術來惑亂人們的眼睛與心靈。當我們看不透他的術法時，會覺得他魔力無邊，而心生畏懼。但是如果能靜靜觀察，則會發現一切怪異的現象不過是巧妙的技術，即使醫學和宗教的奇蹟，也會有合於科學的道理。

你不是說人類什麼都不如你嗎？可是你為什麼怕他們呢？
因為他們懂得守望相助、團結合作啊！

偉大的老虎

老虎和猴子聊天。

「聽說人類是由你們猴子變的，但我勸你千萬不要變成人。」老虎指著猴子說。

「爲什麼？」猴子詫異地問：「人不是萬物之靈嗎？他們的食、衣、住、行，樣樣都比我們強。」

「眞是笑話！」老虎大吼了一聲，嚇得猴子差點從樹上摔下來。「你應該說人類的食、衣、住、行，沒有一樣及得上我。你可知道人類吃東西有多麻煩？單單以麵包來說吧，從麥子的播種、施肥、除蟲、收割、碾粉到發酵、燒烤，就不知要經過多少人的手。可是我呢？我不必靠同類的幫助，自己就能找到東西吃，而且還常吃不完呢！」

「您怎不想想人類吃東西麻煩，是因爲他們講究呢？」猴子問。

「算了吧！他們不是講究，而是因爲體質太差。吃生的怕拉肚子，只吃肉又恐油膩；吃少了怕營養不良，吃多了又怕發福。」老虎拍了拍胸膛：「你看看我們老虎，有沒有因爲肉吃太多，而肥得要進醫院的？有沒有因爲不吃水果蔬菜，而缺乏維他命C的？人類跟我們老虎比起來，眞是差太多了！」

◉

「對！對！對！人類的『食』，眞是遠不如您。」猴子服氣地說：「您再談談衣吧！似乎所有的動物，只有人類會做衣服穿。」

「那也是因爲他們差啊！」老虎笑著說：「人類穿衣服，是因爲他們天生光溜溜的，沒有衣服一定會凍死，所以不得不穿。如果他們能天生有我這身皮毛，還用得著花那許多功夫紡紗、織布、量身、剪裁嗎？」

「可是人類穿衣服還有一個目的，是爲了裝飾、美觀、舒適啊！」猴子打斷老虎的話：「聽說他們的衣服很値錢呢！」

「胡說！」老虎突然火冒三丈：「他們的衣服再漂亮，又能美得過我的天然衣服嗎？他們的衣服再舒適，又能比我的皮毛更合身嗎？他們的衣服再值錢，又能貴過我的這件嗎？要是他們自己眞能做出最好的料子，也用不著千方百計來搶我這件虎皮大衣了！」

◉

「眞是太有道理了！」猴子猛鼓掌，但是鼓了一陣，突然想到：「您的食和衣雖然比人類強，可是他們住的卻比您好啊！」

「別開玩笑了！」老虎突然又大笑起來：「人們羨慕我還來不及呢！聽說他們在城裏仿照我住的樣式，蓋了許多『人造山洞』，偏偏他們的技術又不行，結果弄得糟透了，使得許多人到假日，寧可跑到野外露營，也不願留在家裏。」

「人類的房子爲什麼不好呢？」猴子追問。

「他們的水泥洞，一個連著一個，一間疊著一間，東家吵、西家鬧，戶戶不安寧。同時他們的水泥洞不像我的老虎洞能夠自由出入，而是幾十家共用一個大門，如果我是獵人去抓他們哪，只怕他們半個都跑不掉。再舉個簡單的例子吧！只聽說人類大樓失火，一死就是幾十人，總沒見過森林大火時，有老虎在洞裏被燒死吧？」老虎笑得直喘氣。

◉

「眞是太有道理了！還是老虎的科學進步。可是談到『行』呢？沒聽說老虎開汽車啊！」猴子說。

「人類也是因爲自己身體差，既跑不快，又行不遠，才不得不開車的。你要知道，他們開的車子，並不是開車的人自己造的，一輛車子聽說要經過好幾百人的手呢！而且機器故障不能開，油用完了不能開，沒有駕駛執照不能開，路況不好也不能開，就算都成了，還會出車禍。」老虎得意地說：「你總沒聽說老虎撞老虎，一撞就死幾十隻吧？」

「對！對！對！對！對……」猴子一連說了十幾個對，點了幾十個頭，但是就在這時候，遠處突然傳來一聲槍響。

「糟了！人來了！我得跑了！」老虎連「再見」都來不及說，就一溜煙地衝向森林的深處。

「喂！」猴子大聲喊：「您不是說人類什麼都不如老虎嗎？可是您爲什麼怕他們呢？」

「因爲他們懂得守望相助、團結合作啊！」老虎的聲音隱約地從遠處傳來。

學習忍耐的最好方法，是不讓自己覺得在忍耐，
這就好比「解憂」最好的方法是「忘憂」一般。

忍耐

我有個朋友，以耐性強、脾氣好出名，許多別人會焦躁不安或無法忍受的事，他卻能毫不在意、泰然處之。

「你能不能教我如何訓練自己的耐性？」有一天我問他。

未料他搖搖頭：「我不覺得自己曾經忍耐什麼，怎麼教你呢？」

「你已經教我了！」我說：「原來學習忍耐的最好方法，是不讓自己覺得在忍耐，這就好比『解憂』最好的方法是『忘憂』一般。」

「凡賊」偷東西有時是為生活，「雅賊」偷書畫常為個人喜好，
這就好比不為使用，
而殘殺野生動物一樣，是極卑劣的行為。

雅賊

常聽人用「雅賊」這個詞，其實賊就是賊，作賊就犯法，又何雅之有呢？

或有人說：「雅賊」是因爲他們專偷書畫等文雅的物品，所以謂之「雅賊」，這話就更不合理了——文雅的東西，本來應當以無爭的心情去欣賞，那些賊不能因爲藝術陶冶而性靈高尚，是極不雅，應當稱爲「俗賊」，爲何反倒叫「雅賊」呢？

所以「雅賊」這個詞，若非賊給自己取來文過飾非的漂亮名字，就是被偷的人，聊以自慰或裝傻的一種說法；也就因爲這種極俗之賊，被冠以「雅」的美號，使得雅俗不分、善惡莫辨了。

◉

於是到餐館順手偷刀叉成了「雅事」，住旅館帶走毛巾是爲「紀

念」；最後甚至有人把觀光飯店幾十斤重的銅煙灰缸抬走，也自炫爲「雅韻」。於是當有人因爲「文雅」地偷走旅館中的睡衣，而被送入警察局時，他才驚訝地發現，自己的「雅」，原來是「賊」，結果糊裏糊塗地吃了官司，毀了名譽。

凡此種種，都是由於人們自己混淆自己，將俗作雅，或某些飯店旅館把順手牽羊之事看作當然，而早在賬內添加必要費用，對所謂「雅賊」視若無睹所造成。

◉

人們常愛作掩耳盜鈴之舉，社會也常縱容有所謂「小過」的人。要知道，這樣久了之後，不但不可能培育出眞正文雅的國民，反會造成是非莫辨，進而影響社會的安定。

所以，雅賊是賊，盜版是盜，不論他們偷的是畫或盜版的是光碟，既然有盜賊的行爲，就當嚴厲處分，甚至罪加一等。因爲「凡賊」偷東西有時是爲生活，「雅賊」偷書畫常爲個人喜好，這就好比不爲使用，而殘殺野生動物一樣，是極卑劣的行爲。

此外，一般偷盜者，只向少數人銷贓，盜版者則公然將盜印物賣給千萬人，使許多購買者成了收贓。像這些敗壞社會風氣的所謂「雅賊」、「盜版者」，豈不該罪加一等嗎？

雅賊是賊！先正名以端正社會風氣，實在是刻不容緩的啊！

讓我們慢慢地沉下杯底，讓我們奉獻出自己的芬芳，
讓我們默默地、謙虛地等待人們的品嘗與評鑑。

茶

沒泡好的茶，茶葉都浮在上面，喝的時候，總得一次又一次將表面的茶葉吹開，不僅麻煩，而且這種茶，由於味道沒有進入水中，一定不夠香醇，只有當它們都沉在杯底的時候，才能成爲一杯佳茗。

要想把事情做成功，就不要急著表現自己，以免像輕浮的茶葉只會令人生厭。

讓我們慢慢地沉下杯底，讓我們奉獻出自己的芬芳，讓我們默默地、謙虛地等待人們的品嘗與評鑑。

我寧願在自己理想的山峰上被毀滅，
也不願毀滅我理想中的山峰。

理想的山峰

這是一位登山家的墓誌銘：

跟許多勇士一樣，他是人們掌聲中的成功者，嘆息聲中的失敗者。

他曾經征服世界次高峰，回國時受到英雄式的迎接與歡呼，他的照片曾被刊在報紙的頭版，他登山的經過被印爲專集。

在他征服第二高峰的次年，又去攀登聖母峰，但不幸喪生於雪崩。噩耗傳來，許多人都嘆他太不知足，以致不僅失掉征峰者的美譽，更斷送了自己的生命。

當他的屍體被人從雪裏尋獲的時候，他的消息已經不被人們注意，而在一個只有少數親友圍繞的午後，他被葬在這塊地方。

或許他的名字已被人們遺忘，但我們將永遠記得他說過的一句話

「登山者攀登的不是高山，而是自己的理想。
我寧願在自己理想的山峰上被毀滅，也不願毀滅我理想中的山峰。」

穩而有力，才是真正的力。
如果只有猛力，卻不穩，到手的東西，還是會失去的！

剁肉的哲學

某日我到一家廣東餐館買燒臘，掌刀的是位年輕的小伙計；他從掛鉤上取下我要的烤排骨，放在俎上，用一把又厚又重的刀，將排骨剁成小塊。

這位伙計的刀法看來並不差，他每刀下去都用了很大的力量，能立即將堅硬的骨頭平整地剁開，同時切得大小都一樣；但美中不足的是，在他剁的過程中，有好幾塊排骨跳離刀俎，使他不得不再去切一點，以彌補損失。

◉

正當他搖頭嘆氣，把落在地上的排骨撿起來的時候，店裏的老師傅過來了，一聲不響地接過刀，並取下一大塊排骨，然後連著幾刀，很平穩地把肉全部切成，且沒有一塊飛掉，這時他才對小伙計說：「

你只想剁得準、剁得斷，卻不先把刀抓穩，結果準是準，斷是斷，但因爲刀抖，剁好的肉卻飛了。」老師傅抓著刀示範給小伙計看：「記住！刀先抓穩，穩而有力，才是眞正的力。如果只有猛力，卻不穩，到手的東西，還是會失去的！」

我們不是也常會像那個小伙計嗎？只想達到目的，卻不知如何穩住獲得的成果；一心只想賺更多的錢，卻沒有用錢的方法。有勇力而無智謀，有衝勁卻乏計畫，到頭來很可能還是一無所獲啊！

投機成功的人，常愛大聲地叫喊；
投機失敗的人，多半默默地退去，
使得人們總是瞪大眼睛，看到那少數的僥倖成功者。

吃角子老虎

我有一個美國朋友，在拉斯維加斯的賭場做事，某日我問他：「你們賭場最賺錢的是哪一種賭具？」

「吃角子老虎！」他毫不考慮地回答。

「你是說那種有個長長的扳手，吵得令人頭痛，玩得令人腰痠、手臂疼的機器嗎？」我奇怪地問：「那種東西一次頂多吃六個硬幣，怎麼可能最賺錢呢？」

「因為吃角子老虎不必人看管，省了不少工錢，而且它贏的『或然率』遠比玩的人高，不像二十一點那些，不但要人理牌、發牌、監督，而且賭場贏的比例並不太大。」

「吃角子老虎贏的或然率會高嗎？」我說：「我曾經看過一些人玩這種東西，稀里嘩啦，機器一吐就是幾百個硬幣，好像玩家贏的比例並不小，而且一次就能贏很多，我還眞有點羨慕呢！」

「算了吧！這就是大家上當的原因。」那朋友得意地說：「吃角子老虎總是默默地吃，喧譁地吐，使得大家只聽到成功者的歡呼與贏得硬幣的聲音，卻聽不到同時間更多錢正被吞吃的音響。於是旁觀者就會躍躍欲試，正在玩的人就愈陷愈深了，到最後多半被那『獨臂強盜』搶得兩手空空地離去。」

「投機成功的人，常愛大聲地叫喊；投機失敗的人，多半默默地退去，使得人們總是瞪大眼睛，看到那少數的僥倖成功者，以爲成功得來容易，而競相投機，終致失敗。」我說：「謝謝你的指點，以後再看到玩吃角子老虎贏錢的人，我將不再羨慕。」

打球時得分後當迅速地反防，以禦敵人的快攻；
打仗時一次戰役勝利後應當更加戒備，以免敵人的反撲。

打球與打仗

我有一位軍中的朋友，非常喜歡打籃球，某日我開玩笑地問他：「你有沒有從籃球當中領悟出什麼作戰的道理啊？」

「當然有！」他得意地說：「作戰跟打籃球的道理是一樣的。打籃球要事先了解對方的情況，作戰要事先探聽敵人的虛實；打籃球有掌握時機的快攻、穩紮穩打的慢傳；作戰有出其不意的奇襲、步步爲營的推進；打籃球有中間的抄球搶球，作戰有半路的伏兵暗算；賽球有潛入籃下從旁策應的方法，打仗有潛伏間諜裏應外合的戰術；打球投籃之後常要繼續跟進，以備不進時搶籃板球繼續跳投；作戰時則一次攻擊後要繼續推進，以徹底殲滅敵人，獲得輝煌的戰果；打球時得分後當迅速地反防，以禦敵人的快攻；打仗時一次戰役勝利後應當更加戒備，以免敵人的反撲。當然，最重要的是不論球員或軍隊，都得經過嚴格的訓練，並具有高昂的鬥志，才能克敵致果，獲取最後的勝利。」

當我們依戀枕邊，想重拾昨夜的幻夢時，
不如振奮而起，開創美好的今天。

如煙似夢

我們常感慨過去的事，如縹緲的雲煙，似虛迷的幻夢，而說：「往事如煙」、「浮生若夢」。

但是如煙的往事從何而來？若夢的浮生，又是從何而生？當我們嘆「往事如煙」的時候，正有不斷的輕煙從我們面前飄過；當我們說「浮生若夢」的時候，自己卻可能還在夢中。

◉

所以，當我們仰首感嘆如煙的往事時，不如低頭照顧一下眼前的爐火，把握現在的光和熱。當我們依戀枕邊，想重拾昨夜的幻夢時，不如振奮而起，開創美好的今天。

賣畫換來的是錢，送畫換得的是情，
你說情感與金錢，哪一樣珍貴呢？

賣畫與送畫

國畫大師張大千有一天對我說：「賣的畫固然要好，送人的畫更要好。」

我問：「爲什麼呢？」

「買畫的人只要有錢，你就可能將畫賣給他，但是要畫的人若跟你沒有深厚的交情，你會送給他嗎？」張大師說：「所以賣畫換來的是錢，送畫換得的是情，你說情感與金錢，哪一樣珍貴呢？」

「當然是情感！」我回答。

「那就對了！」張大師說：「所以送的畫要比賣的畫更好。」

只有小聰明，而無大魄力，
是很難成功的。

高爾夫

打高爾夫球的時候，雖然頭桿與末桿代表的同樣是一桿，但強弱與技巧卻大不相同。第一桿常要用最強的力量，才能打得高、飛得遠；最後一桿則當用力較輕，才能打得準、進得去；如果只會其中一種方法，是絕對不行的。

◉

我們做任何事不都如此嗎？要強健的體魄，也需愼密的思維；要大膽地假設，更得小心地求證。如果只有粗獷，而無細膩；只有武勇，而無謀略；或只有柔美，而乏雄渾；只有小聰明，而無大魄力，是很難成功的。

退一步準備之後才能衝得更遠，
謙卑反省之後才能跳得更高。

龍虎鬥

某日我畫了一張龍虎鬥，圖中龍在雲端盤旋將下，虎踞山頭，作勢欲撲，雖然我自認龍和虎都畫得不錯，但是那張畫完成之後，卻總覺得其中動態不足；正不知如何改進的時候，母親適巧走進畫室，我就請她品評一下。

「龍和虎雖然都畫得不壞，但是你要注意，龍在攻擊之前，頭必然向後退；虎要上撲時，頭必定向下壓。龍頸向後的屈度愈大，虎頭愈貼近地面，他們也就愈能衝得快、跳得高。」母親說。

這時我才發現自己畫的龍頭太向前，虎頭又太高了。由此我還領悟出一個處世的道理：「退一步準備之後才能衝得更遠，謙卑反省之後才能跳得更高。」

拿出在國外努力的精神，
任何地方都能發財！

出國發財

常聽國內的人說：「出國可以發財。」這句話眞是講得太容易了，似乎國外遍地都是黃金，人只要到了國外，財源就會滾滾而來。其實外國的情況正好相反——

在國內的時候，親友多、地方熟，做事常能事半功倍；到異國什麼都得靠自己，做飯、洗衣、剪草、修車，幾乎樣樣都得親自動手。但也正因此，人們反能激發求生、上進的潛能，做國內做不了的工，讀國內念不下的書。想想在國外洗碗碟、端盤子的留學生們，在國內有幾個人願意做這些工作呢？恐怕他們連自己的筷子都難得洗一次吧！

◉

出國能發財，這句話誠然不錯，但是換個角度想，如果在國內，大家也像在異鄉一樣，睡五小時覺，打十二小時工，不是一樣可以發財嗎？

所以「出國可以發財」這句話，應該改爲「拿出在國外努力的精神，任何地方都能發財！」

死亡不是終止，而是轉化。

終止與轉化

徐志摩在〈歌〉這首詩中有一段：

我死了的時候，親愛的，
別爲我唱悲傷的歌；
我墳上不必安插薔薇，
也無須濃蔭的柏樹……

當我在國外把以上的詩句翻譯給一位朋友聽的時候，她說：「如果我死了，我倒希望墳上能種幾棵樹。」

「爲什麼？」我問：「就算種幾萬棵樹，妳也沒感覺了啊！」

「對！可是我的身體會化爲養分、滋潤土壤，使那些樹長得繁茂高大，供人們乘涼、取材。這樣，我的生命不是又能化爲另一種形態，並繼續貢獻世界了嗎？」

她的這段話眞是太有意義了，使我想起一位長輩臨終時說的——

「死亡不是終止，而是轉化。」

雖然我即將消逝，但跟著便將有一批活潑、健壯且體內流著我血液的新生兒登場了！

鉛字的獨白

我是傳統印刷中一個小小的鉛字，天生頭上就刻著名字，雖然我的名字筆畫不多，意思也不重要，但我仍然引以自傲，因爲我知道：每個鉛字的職責，就是使人們看見它的名字，我不能替代別的鉛字，別的鉛字也無法代替我。

◉

剛生下來，我就離開了母親（鑄字模），被安置在高高的鉛字架上，我靜靜地躺著，直到有一天被手民取下，放入木盒裏，跟許多其他名字的小朋友並排地站著，我才學會說話。

而後，手民把我們和稿子、大樣，一同交到排版工人的面前，我就更高興了，因爲排版工人把我們原本擁擠不堪的行列重新設計，安排得整整齊齊、井井有條，在那裏我學會了如何立正、看齊，如何將自己的意思清清楚楚地表達出去，以及如何團結其他的鉛字，聯綴成完美的語句、整篇的文章。

◉

經過幾次演習、校對與修改之後，我們終於排著整齊的隊伍，走上印刷機了。在那裏，我們的頭髮被抹上油墨，接著便有一張張白紙，從我們頭頂滾過。雖然我的頭被壓得有點痛，但我仍然挺立著，因爲只有這樣，人們才能從印刷物上看到我；也只有如此，我的生命才有價值，我的名字才能永遠地留傳下去。

我的工作眞是相當辛苦，上萬次的印刷之後，我的頭被磨禿了，牙齒也開始動搖，工人把我們從印刷機上卸下、拆散，並倒入一個大鐵桶，我知道自己的工作已經完畢，生命就快結束。

◉

當我被送入熔鑄爐時，我一點也不傷心，因爲我知道：沒有過去其他鉛字的犧牲，就不可能有我；沒有我的被熔化，就不可能製造以後的鉛字。此刻我正該高興才對，因爲雖然我即將消逝，但跟著便將有一批活潑、健壯且體內流著我血液的新生兒登場了！

任何卑微者，都有他重要的時刻；
任何弱小者，都有他可畏的地方。

野草

你覺得野草卑微得令人不屑一顧嗎？

但是你可知道——沒有一位登山者，不重視野草，因為當他登山失足的瞬間，一把崖間的野草，很可能就是他救命的恩物。

你可知道——許多登山者又都畏懼草叢，因為當他迷途於一片荒草或劍竹林時，很可能那就是他喪生的地方。

所以，任何卑微者，都有他重要的時刻；任何弱小者，都有他可畏的地方。

語氣要緩，語詞要強；
禮貌要好，理論要強。

辯論

我在學生時代，曾經爲了參加辯論比賽，去請教一位著名的「語言訓練」專家。

「參加辯論最重要的是語氣要緩，語詞要強。」那位教授說：「前者的意思是指講話的態度要和緩。你想想看，有些人參加辯論比賽，未講話前已經怒髮衝冠，一發言，又破口大罵，這樣的態度，怎麼令人欣賞？這樣地暴躁，他自己又如何思考？」

至於後者，則是指語言的內容。參加辯論，自己一定要有充分的準備及理論根據，話既出口，就不能再猶豫，也絕不能半途更改。必須「持之有故，言之成理」，才能使人信服。

既有禮貌，又有理論；既使人產生好感，又拿得出堅強的道理，哪有不得勝的呢？

◉

這位教授的話講得眞是對極了，從那以後，不論參加辯論比賽，或是勸說朋友，我總不忘：「語氣要緩，語詞要強」、「禮貌要好，理論要強」這兩句話。

她已被隔離在人群之外，雖然還是令我們覺得崇高偉大，卻失去了過去的親切感。

聖母抱基督哀慟像

米開蘭基羅最著名的雕刻「聖母抱基督哀慟像」，自從被暴徒損傷之後，聖彼德教堂就採取了最嚴密的保護措施，不但日夜派人看守，而且把雕像放在大廳的右側，前面加上厚厚的防彈玻璃，並圍起欄杆。

當我前往聖彼德教堂參觀的時候，一位義大利的朋友感慨地對我說：「如今這雕像已大不如前了，去看的人也不再像以往那樣環繞在雕像的四周欣賞，久久不捨得離去。因爲過去大家伸手就能碰到雕像，雕像也彷彿是生活在人群當中。米開蘭基羅對衣紋與肌肉的高妙處理，使我們幾乎可以感覺雕刻具有眞人的呼吸與體溫。聖母那沉靜中含蓄的悲情，更令每個欣賞者感動。可是如今你只能站在一側，隔著遠遠的距離與厚厚的玻璃欣賞，再也看不清那雕像上細膩的衣褶和浮動的筋脈，再也無法環繞在她的四周細細地感覺；她已被隔離在人群之外，雖然還是令我們覺得崇高偉大，卻失去了過去的親切感。」

「不論多麼崇高偉大，都不能離開群眾。」我說：「雕像與做人，道理都是一樣的啊！」

為這個社會貢獻的方法真是太多了，
除了公眾福利等有形的東西，
我們還可以給予人們一些精神的鼓舞。

微笑先生

某日，我從新澤西坐巴士到紐約去，當車子駛近一處高速公路收費站的時候，發現有個青年在外面跑來跑去，忙著到每個正在繳費的車前，將手中的一塊紙板展示給乘客看。當時我這輛車內的人都非常好奇，交頭接耳地猜測，有人說募捐，有人猜示威，直到那人跑向我們車子，並舉起手中的紙板，大家才一齊笑了起來，原來那紙板上只寫了「微笑」（smile）一個字，並畫了張微笑的臉。

◉

其後的兩個星期，我每次經過收費站，都看見那個人，雖然他忙得汗流浹背，但臉上總掛著微笑。他把紙板舉在車窗前，仰著臉，露出潔白的牙齒，雖然一句話也沒說，我卻深深被他感動；儘管他那紙板上的文字簡單，圖畫也不高明，但是全車的人都會很自然地露出微笑。

再往後的日子，雖然他已經不再出現，但是每當巴士駛近那個收費站，車上的常客總會向外張望，並說：「爲什麼沒看到那位『微笑先生』？」話才說完，大家就相對地笑了。

◉

一塊連把手都沒有安裝的紙板，一張連色彩都沒有的圖畫和文字，只要加上一顆愛心，就能產生極大的效果。由那位「微笑先生」使我了解：爲這個社會貢獻的方法眞是太多了，除了公眾福利等有形的東西，我們還可以給予人們一些精神的鼓舞，使這個世界處處充滿快樂；使每一個人時時自內心展露微笑。

只要我們摒除世俗價值的翳障，
張開靈慧無私的眼睛，
在任何細微的東西上，都能見到美。

牽牛花

小時候，家裏的圍牆上攀滿了牽牛花，清雅的淡紫、裊柔的藤蔓，和那如喇叭的花形，留給我很深的印象，再加上童謠裏唱過「紡織娘娘織布、牽牛姐姐吹喇叭」，使得牽牛花更給予我兒時一種幻想的美，所以成年之後畫花卉時，常愛把牽牛帶入圖中。

奇怪的是，許多朋友看到我畫牽牛花，都會問：「你爲什麼畫這種花呢？它不是很微賤嗎？」

我則反問：「你不覺得牽牛花有一種淡雅而飄逸的美嗎？它總是在晨光中含露綻放，所以西洋人給它一個優雅的名字叫作『晨光的頌讚』（Morning glory），它這麼美，我爲什麼不畫它呢？」

「我本來覺得它很美，但是一想到四處都看得見牽牛花，它是不值錢的野草花時，就不喜歡它了！」對方常這麼答。

由人們對牽牛花的欣賞，我發現許多人以世俗的價值來評斷美，似乎貴婦就應當美，村姑則必然醜；牡丹就一定富貴，牽牛則必然貧賤；大山就一定幽深，小丘則必然平淡。其實美是無所不在的，「一沙一世界，一花一天國」，只要我們摒除世俗價值的翳障，張開靈慧無私的眼睛，在任何細微的東西上，都能見到美，而那時整個世界也就會變得更可愛、更多采多姿了。

一大群人沒有計畫的工作，
雖然看來效率不差，卻最容易出錯啊！

幫倒忙

有一天我與趙友培教授同在美國的華李大學演講。趙教授談書法，我講繪畫。

演講之前，趙教授特別去向華李大學的朱一雄教授借毛筆，以便現場示範揮毫。當時我問趙教授：「您這次到美國來，既然早已準備作多場有關中國書法的演講示範，爲什麼不從國內帶些自己適用的筆墨出來呢？」

趙教授嘆了口氣說：「我帶了啊！可是一下飛機就掉了！不但遺失了最好的筆墨紙硯，還掉了幾十張書法代表作呢！」

我吃了一驚：「怎麼會遺失這麼要緊的東西？」

「因爲到機場接我的朋友太多了，每個人都搶著幫忙提行李。」

趙教授嘆了口氣：「結果，我以爲你拿了，你以爲他拿了，反把最重要的東西給忘了！」

◉

一大群人沒有計畫的工作，雖然看來效率不差，卻最容易出錯啊！

你的生活是我的，請你安心工作；
我的公司是你的，請你放手去做。

你的生活是我的

我曾經訪問一位成功的企業家，請教他用人的方法。

「我帶領員工的方法很簡單，只有兩句話：『你的生活是我的，我的公司是你的。』」企業家說。

「職員的生活爲什麼是你的？你擁有的公司又爲什麼變成了員工的呢？」我不解地問。

「如果職員生活得不好，他怎麼可能爲公司效命？所以好的主管一定要把員工的生活看成自己的，爲他們解決一切困難，使員工的生活安定滿足。」企業家說：「至於公司，它當然應該屬於全體員工，因爲公司是由員工組成，每個人的工作都影響整個機構，必須使職員對公司有強烈的『參與感』，並把獲得的利潤合理分配給每個人，大家才可能同心爲公司效力。所以每位職員到任的時候，我都會對他說

：『你的生活是我的，請你安心工作；我的公司是你的，請你放手去做。』

當你把同情掛在嘴邊、寫在臉上的時候，
請先看看自己的手是否還背在身體後面？

同情與幫助

如果你分別向甲乙二人述說自己痛苦的遭遇。甲聽了之後，帶著憐憫的樣子講：

「我很同情你，可惜我沒有辦法幫助你。」

乙聽了之後則毫無表情地說：

「我不同情你，但我願意幫助你。」

對於他們的答話，你喜歡哪一個？

當然是乙，因爲同情是無用的幫助，幫助卻是積極的同情。

◉

再舉一個簡單的例子：

當有人溺水的時候，站在岸上呼喊的人有多少？大聲嘆息的人有多少？爲溺水者焦急的人有多少？但是對於溺水者來說有什麼用處？

十萬句同情，百萬行淚水，也抵不上默默無聲地，脫去外衣，泅水過去的一個人哪！

當你把同情掛在嘴邊、寫在臉上的時候，請先看看自己的手是否還背在身體後面？

我們常以成人的眼光來看兒童的世界，硬逼著孩子接受我們的準點。豈知這樣做會給兒童造成困擾。

用他們的眼睛看世界

某日我到一所以美術教育聞名的小學參觀，步入校舍，發現走廊和教室的牆上到處掛著世界名畫或學生的作品，但與一般學校不同的是，那些畫都掛得非常低，有些居然低到我必須蹲下來看。

「爲什麼把畫掛這麼低呢？看起來不是太費力了嗎？」我問校長。

沒想到校長拉著一個小朋友的手，走到畫前，然後轉頭對我說：「就我們來講，是吃力了些，但對他們而言，卻正好啊！你可曾想到，一般學校把畫掛到適合成人欣賞的高度，對孩子來講有多麼辛苦；往往因爲看不清楚，他們就不去欣賞，也更不會感興趣了。畫既然是給孩子看的，就應當以適合他們的高度爲原則，也才能達到教育的目的。」

我們常以成人的眼光來看兒童的世界，硬逼著孩子接受我們的準點。叫他們讀大人的書、背大人的演講稿、瘦著脖子看大人掛的畫，豈知這樣做給兒童們造成了許多困擾，且收不到教育的效果。

雖然實際年齡我比你大得多，
但在講那句話的心情上，我卻比你年輕啊！

才七十歲

當我剛到丹維爾博物館教課的時候，一位老先生打量著我說：「你看起來相當年輕，不過二十五歲吧！」

「不！我已經廿九歲，是快三十歲的人了！」我回答。

「喔！已經廿九歲……」老先生沉吟了一下說：「我才七十歲，比你還年輕呢！」

我怔了一下問：「爲什麼七十歲反比二十九歲年輕呢？」

「你沒聽我說嗎？我講『才七十歲』，」老先生一笑：「可是你卻說『已經二十九歲』，雖然實際年齡我比你大得多，但在講那句話的心情上，我卻比你年輕啊！」

就因為我知道在逆境中創造順境，
所以我能成為一艘快樂的小帆船。

小帆船

我是一艘快樂的小帆船，可是我並不愛聽「一帆風順」或「一路順風」這些祝福的話，因爲我知道世界上有順風便有逆風，有順境便有逆境。我也從來不畏懼逆風，因爲我知道如何張我的帆、掌我的舵，使我在逆風中仍能向前移動。

當然我還知道：帆愈大，愈能乘風；風愈大，愈能吹帆。但我更了解：小小的船不能用太大的帆，過大的風則會傾翻我的船。

就因爲我懂得收束自己的慾望，並掌握四周的環境；就因爲我知道在逆境中創造順境，所以我能成爲一艘快樂的小帆船。

只要認為是自己進攻的機會，就要勇往直前。
這不是出風頭，而是獨立作戰。

獨立作戰

有「黑珍珠」之稱的足球王比利，一九七七年曾經到台灣，並接受我的訪問。

當我問他對台灣球員的觀感時，比利說：「我覺得貴國球員的技術都不錯，只有一個缺點，就是太愛長傳。當自己隊友在較有利的位置時長傳過去，當然不錯，但是如果自己有能力射籃，更應把握機會，假使人人都希望傳給隊友進攻，大家都不願在必要時獨當大任，怎麼能贏球呢？」比利笑笑：

「所以比賽時，不但隊友之間要有密切的配合，每一個球員更要有自信。只要認爲是自己進攻的機會，就要勇往直前。這不是出風頭，而是獨立作戰。」

這段話豈止用於足球，在任何團體中，我們不是都該如此嗎？

多讀些書、多走些路、多思想一點、多創造一些，
就可能跟偶像一樣成功。

偶像

「不要去了解你的偶像，因為當你了解之後，偶像就破碎了。」

一個學生對我說。

「這是什麼意思呢？」我問。

「因為我們心中的偶像常是不可思議的神奇人物，但是當我們去接近他之後，就會發現，他跟我們一樣吃飯，一樣過日子，偉大的地方不過多讀幾本書、多走幾段路、多思考一點、多創造一些罷了。」

「於是你的偶像就破滅了，對不對？」

「是的。」

「但是你卻能建立起另一個信念。」

「信念？」

「對！」我說：

「你只要多讀些書、多走些路、多思想一點、多創造一些，就可能跟他一樣成功。」

我們不應在回憶中沉湎，
而當在憧憬中開創。

回憶與憧憬

回憶不如憧憬，因爲回憶有限，憧憬無限。
回憶不能變爲憧憬，憧憬卻能成爲回憶。
回憶可能因遺忘而愈變愈少，憧憬卻能因想望而愈化愈多。
回憶不可能再成爲現實，憧憬卻可能實現在眼前。
所以我們不應在回憶中沉湎，而當在憧憬中開創。

生命就是一種追逐，生命就是無止境的接力，
儘管我們後一刻跑得不如前一刻，
我們還是得盡自己最大的能力跑完全程，並將棒子交出去。

自己比自己

我們常說：「人比人，氣死人。」其實自己比自己，也是相當辛苦的。學生上次考九十分，這次就希望考一百分；運動員這次跑十秒，下次就希望跑九秒八；棋士今年拿到了「本因坊」，明年又想得「名人」。問題是：如果學生已經得到一百分，運動員已經達到人類體能的極限，棋士已經擁有最高的名銜之後，怎麼辦？

因爲一百分上面還是一百分，九秒八下面還可能是九秒八，本因坊、名人之後還可能是本因坊與名人。那些站在頂峰的，沒有另一個更高的山峰讓他爬，他除了留在巔峰，便是下來。而且我們幾乎可以肯定地說：他們必然要下來，因爲長江後浪推前浪，沒有人能永遠年輕，沒有人能永遠佔有最新的知識，更沒有人能永遠獲勝。

所以人們說：「名譽、成就都是包袱，使以後的路更難走。」

所以人們說：「爬得高，摔得重。」

所以當年坂田榮男被林海峰擊敗時，評論家說：「因爲林海峰是一個沒有負擔的年輕棋士。」

所以當阿里被諾頓打敗時，有人說：「他太成功、太自大，以致失敗。」

◉

既然自己過去的建樹會成爲一個重擔，自己比自己又是那麼辛苦，我們是否就應該放棄進取了呢？

當然不！你看那四季的更替，儘管今年的春天已經美得不能再美，明年的春天依然會來到。你看那川原海嶽，高峰終將化爲坦原，滄海卻能升爲高山。哪一樣東西因爲盡善而不再改變？那一片土地又永遠低平而不再拔起呢？

◉

生命就是一種追逐，生命就是無止境的接力，儘管我們後一刻跑得不如前一刻，我們還是得盡自己最大的能力跑完全程，並將棒子交出去。

既然如此，我們就不必爲怕後一刻的失去，而怯於此一刻的攫取了；我們就不當因爲長久成功之後的失敗，而黯然神傷了；我們就不必因爲自己不再年輕，而感慨嘆息了，因爲我們畢竟年輕過、勝利過，我們畢竟曾經佔有歷史當中的那一刻啊！

人實役物，非物役人。
畫為娛己，不為娛人。

穿襪子

當我兒子四五歲的時候，總愛反著穿襪子，有時爲他把襪子好好地穿上，他還要自己脫下來，再翻個面穿上去。有一次我生氣地問：「你爲什麼總要反著穿呢？線頭露在外面，多難看！」

沒想到他竟理直氣壯地說：「襪子是我在穿，不是穿給別人看的，線頭在裏面，會使我的腳不舒服，我當然要把襪子翻過來！」

這雖是童言，但也有些眞義，古人說：「人實役物，非物役人。」「畫爲娛己，不爲娛人。」「畫乃吾自畫，書乃吾自書。」不是同樣的道理嗎？

那些雖經大力幫助仍然無法改善生活的人，常因為他們不知道如何有效地用錢。

用錢的方法

美國雖然是世界上最富裕的國家，而且有許多福利制度，但是在他們的社會當中，仍然有一些非常貧窮的人。爲了知道那些人始終無法改善生活的原因，最近一個民間機構特別作了廣泛的訪問調查，並在報告中舉出三個案例：

（一）有個女孩子經常失業，因爲她早上不知道準時起床，總因爲上班遲到過多而被開除，但是當別人勸她買一個鬧鐘時，她卻表示：「政府給我的失業救濟金已經不夠用了，哪裏還有閒錢買鬧鐘？」

（二）有個老太婆，雖然政府每月給她足夠吃飯的錢，她卻經常捱餓，原因是她總買些昂貴的肉類和冰淇淋，卻不知道買麵包、牛奶等基本食物，政府的補助當然不能維持她整月的開銷。

（三）有個中年男子，因爲每月領的薪水多半花在修地板上，以致十分貧窮，窮得連火爐燃用的柴薪都買不起，所以天一冷他就拆地板當柴燒，拿了薪水之後再請人修地板。

調查報告最後的結論是：

那些雖經大力幫助仍然無法改善生活的人，常因爲他們不知道如何有效地用錢。

不論我們現在置身何處，總是來自祖國，
我們的眼睛也總是以自己的國家為中心哪！

世界的中心

某日，一位德國朋友到我畫室參觀，當他看到我掛在牆上的世界地圖時，大聲叫起來：「天哪！我從來沒有見過這樣的世界地圖，是不是畫錯了？」

我問他原因。

「我所見過的世界地圖都是德國在中間，爲什麼你的地圖卻是中國在中間呢？」他回答。

「我們最好也找一張美國印的世界地圖來看看。」我說著從書架上抽出一本美國出版的地圖集。

「這就更奇怪了！爲什麼這張地圖又是美國在中間呢？」他似乎不太相信自己的眼睛。

「雖然這世界上有一百多個國家，有的幅員狹小，有的廣袤萬里；有的遍地黃沙，有的一片沃壤；有的天寒地凍，有的四季如春，但是每個人都認爲他自己的國家是世界的中心。」我說：「不過也確實如此，我們從自己的國家出發，繞世界一周之後，不是回到原來的地方嗎？不論我們現在置身何處，總是來自祖國，我們的眼睛也總是以自己的國家爲中心哪！」

自信與自尊常不靠有形的東西，
而是建築在自己的心上。

神奇的裙子與髮夾

我在學生時代曾經讀過兩則小故事，留下非常深刻的印象——

一、

有位老師送了一件花園裙給她的學生，學生的母親看到女兒拿回來一件漂亮而乾淨的花園裙時，立刻覺得孩子也該擁有一件漂亮的上裝，於是從箱底翻出一件自己年輕時的衣服，並爲孩子修改裁剪。而當孩子穿扮梳洗起來之後，家長簡直不敢相信，原來自己的女兒這麼美麗。

接著孩子的父母覺得家裏實在太髒亂，不能配合那麼美麗純潔的愛女，於是全家大掃除，甚至清掃巷弄。由此影響了鄰居，使整個原本髒亂的社區都爲之改觀。

二、

有一位總覺得自己不討男孩子喜歡，而有點自卑的女孩子，偶然在商店裏看到一支漂亮的髮夾，當她戴起來的時候，店裏好幾個顧客都說漂亮，於是她非常興奮地買下那個髮夾，並戴著去學校。

接著奇妙的事就發生了，許多平日不太跟她打招呼的同學，紛紛來跟她接近；男孩子們也來約她出去玩；更有不少人表示，原本死板的她，似乎一下子變得開朗、活潑了。

這個少女心想：「都是因爲我戴了神妙的髮夾。」接著她想到店裏還有許多其他樣式的髮夾，應當也都買來試試，於是放學之後跑回那個商店。

豈知她才進店門，老闆就笑嘻嘻地說：「我就知道妳會回來拿妳遺失的髮夾。」

這時她才發現自己的頭髮上根本沒有髮夾。

◉

裙子與髮夾雖然只是不值錢的小東西，但是在上面兩則故事中，卻產生極大的影響，因爲它幫助人們找回失去的自信與自尊。自信與自尊常不靠有形的東西，而是建築在自己的心上。

犧牲自己，保護別人；
忍己身一時之痛，除眾人長久之患。

打蚊子

一般人發現自己正被蚊子叮，總會毫不猶豫地伸手把蚊子打死，我有位親戚卻不這樣，他總是等蚊子吃飽之後才下手打，他說：「因爲蚊子空腹時太靈活，打不著，結果又飛去叮別人。不如等牠吃飽了再打，保險一巴掌斃命。」

他這種打蚊子的方法，我不能說對。但是他犧牲自己，保護別人；忍己身一時之痛，除眾人長久之患的態度，卻是值得佩服的。

我們永遠不能用同一個標準來衡量不同年齡的自己，
更不能認為昨天沒問題的，今天就一定不成問題。

不知不覺的變化

「最近我總掉頭髮，早上起來，枕頭上全是，洗完頭更可怕，池子裏都是頭髮。」一個朋友對我憂心忡忡地說：「我眞怕過不了多久，我的頭就禿了。」

「我看還好啊！頭髮還很多。」我看看他說：「而且據醫學統計，人一天平均會掉八十根頭髮，一邊掉一邊生，這是正常現象。」

他一笑：「這個我早知道，也曾經自我安慰，可是我已經去看過醫生了，醫生說頭髮非常豐茂的人，一天是可以掉八十根，但是對頭髮已經比較稀疏的中年人就不一樣了。同樣是八十根，對有八萬根頭髮的人佔千分之一，對只有四萬根頭髮的人則成了五百分之一；當有一天掉得只剩八百根頭髮，如果還掉八十根，那就是十分之一了。」

在美國作體檢，發現左肺的尖端有個暗影，雖然我不斷解說小時候得過肺病，那是鈣化的痕跡，醫生還是不放心，非換角度再掃描不可。

「其實我三個月前在台北也才照過肺部的X光，」我又說：「一點問題都沒有。」

沒想到醫生拉著臉：「三個月前沒有，不代表現在沒有；連三天前看不到的東西，三天後都可能出現。」

◉

雖然後來檢查結果沒問題，但醫生的話總響在我耳邊。加上前面那位朋友的話，給我很大的啓示——年輕時掉八十根頭髮，不等於中年時掉八十根；中年時的失誤，更不等於少年時的失誤。

年齡在變、身體在變、擁有的本錢在變，我們永遠不能用同一個標準來衡量不同年齡的自己，更不能認爲昨天沒問題的，今天就一定不成問題。

適度的運動，加上山中的空氣清新、風景宜人、與世無爭，自然就容易長壽了。

青春泉

你聽過青春泉的神話嗎？你希望得到令人青春永駐的泉水嗎？聽完以下這個故事，你就會知道如何獲得了！

◉

有人在墨西哥山上，發現一個生活貧窮卻人人長壽的村莊，經調查，那裏居民的食物並不特殊，也不很豐富，唯一與其他地方不同的是，他們都飲用山谷裏的一種泉水，想必那就是所謂的青春泉了。

青春泉的消息經報紙刊載之後，許多人都在假日前往，甚至有些富豪人家，派專人汲取，然後成桶地運回城市飲用，但是經過許多年，大家發現青春泉對外地人並沒有用處，再經科學分析，水質也與一般溪水並無差異。

◉

但是爲什麼長壽村的人依然長壽呢？

最後，終於有了答案：

因爲那裏的人每天都要到深谷裏挑水、洗衣或洗澡，就在那來回的路途上，他們獲得了適度的運動，加上山中的空氣清新、風景宜人、與世無爭，自然就容易長壽了。

想要獲得未來的成功，
往往得忍受一時的不便。

有用的蒼蠅

某年春天我到台灣南投的福壽山農場參觀。因為正逢桃梨開花的季節，農場內彷彿織起了一大片粉紅的錦緞。可惜的是，在這優美的環境當中，不知從哪兒飛來許多蒼蠅，使我賞花的心情大受影響。

「在這高山上，為什麼會有那麼多蒼蠅呢？」我對場長抱怨。

沒想到，他笑了笑：「這些蒼蠅都是我們花錢從山下運來的。」

「為什麼自找麻煩呢？」我說。

「因為牠們能夠幫助傳佈花粉，使水果豐收。」場長笑道：「所以現在看起來，牠們雖然是一種小困擾，但對將來而言，卻是一項大幫助。」

生命原是一個危險的旅程，
當我們跨出生的第一步，也同時邁向死亡。
意外、疾病、戰爭，隨時可能奪去我們的生命。

空中小姐

空難頻傳，有一天我坐飛機，問空中小姐會不會緊張。

「你緊張嗎？」她笑笑：「我們現在的命運相同了。你不緊張，我就不緊張。」

隔了一陣，她又過來對我笑笑：「你知道嗎？這個工作改變了我的人生態度，使我有很大的進步。說實話，每當我看到空難的消息，都會觸目驚心；而每次離開家時，常想可能再也回不去了，所以我特別知道把握時間、掌握生命。我把自己的房間打掃得一塵不染，每一封信都即時回覆，每一樣事都儘快做好，每一件東西都井井有條地放置著，使我在任何一刻離去，都不會有太多的牽掛。我更知道孝敬父母，珍視朋友，因為我怕自己突然遭遇了空難，再也沒有孝敬和親近他們的機會。我甚至珍視每一位飛機上的旅客，認為他們是我最好的友伴，因爲我們都在一架飛機上，或許會有同樣的遭遇，如果墜機，我們可能同時離開這個世界。我更學會了感恩，感謝上蒼賜予我每一刻生命；我要抓住寶貴的時間，張開眼多看看這個世界，伸出手多做些造福人群的工作，並將我以生命換得的每一分錢，放在最有意義的地方。」她笑笑：「所以我很感謝這份工作，它使我更知福、惜福、感恩。」

◉

生命原是一個危險的旅程，當我們跨出生的第一步，也同時邁向死亡。意外、疾病、戰爭，隨時可能奪去我們的生命，我們能不努力，掌握這有限的人生嗎？

你只管喊你的吧！何必求那些回音呢？
仰天長嘯，一吐胸中的塊壘，
不就已經足夠了嗎？

回聲

你曾經在野外呼喊過嗎？那應當是一種很特殊的經驗。有時你喊一聲，有一聲回音；有時喊一聲，卻彷彿有千百人和你呼應；又有時你的聲音只是逐漸消失，杳然不知去向。

⊙

你曾經爲有許多回音而雀躍嗎？你曾爲沒有回音而悵然嗎？那是大可不必的，因爲縱然有千萬回響也不是別人對你呼喊；沒有回響，也不表示別人的冷落，因爲你面對的根本就是無人的野外。

⊙

你只管喊你的吧！何必求那些回音呢？仰天長嘯，一吐胸中的塊壘，不就已經足夠了嗎？

裝東西之前，先要封好箱底，
沒有後顧之憂，做事才能成功。

後顧之憂

有一天我把許多書放在大紙箱裏，準備拿去寄。當我正封箱口的時候，母親走過來問：「在你裝書之前，有沒有先封好箱底？」

「沒有。不急嘛！等封好箱口，再翻過來封底也不遲。」我說。

可是話才說完，當我把箱子抬起來的時候，由於底沒封好，裝妥的書竟全從箱底漏出來了。

「這下子你該知道了吧！」母親說：「記住！裝東西之前，先要封好箱底，沒有後顧之憂，做事才能成功。」

人需要互相扶持，
植物也一樣。

松樹的團結

有一天我到丹維爾美術館館長詹寧家作客，發現他院子裏許多松樹幹上都綁著紅色的繩子，我就好奇地問：「那些松樹上爲什麼綁著紅繩子啊？」

「因爲它們就要被砍了，過兩天砍樹的人會來，我們不必再跟他講，只要是綁紅繩子的樹，他們就會砍掉。」

我舉頭看看那些繁茂的松樹，不解地問：「爲什麼要砍掉它們呢？那些樹不是很高大嗎？」

「不錯，可是你要知道，它們看來雖然高大，但是根卻不深，風大的時候很容易被吹倒，去年對面鄰居的房子，就是被自已家的松樹壓壞的。」詹寧太太嘆了口氣：「爲免遭到意外，我們不得不砍掉這些松樹。」

「如果它們那麼不穩，又怎能長到今天這麼高大呢？」我還是不太了解。

「因爲原本附近的松樹很多，它們個別雖然不太穩，但是都聚在一塊兒，強風來能共同抵擋、互相扶持。不過近幾年加建了許多新房子，也砍掉不少松樹，使它們無法再互相支撐，而逐一傾斜或倒下；愈是倒，人們愈害怕，也就愈要砍伐，所以只怕幾年後，附近再也見不到這種高大的松樹了。」

「我過去只曉得人需要互相扶持，現在才知道，原來植物也一樣啊！」我感慨地說。

想要獲得最完美的成果，
就不能忽略任何細節。

人生的色彩

當我教水彩寫生的時候，發現如果學生看到的靜物是蘋果和橘子，很可能他們就只擠一些紅、橙和黃色的顏料在調色盤中；如果看到的風景是樹林，則很可能只擠一點綠色與褐色。他們這樣做，是因為只看到那些明顯的主色，卻忽略了其他的色彩，當然不可能創造出最好的作品。

◉

同樣的道理，許多人在計畫工作的時候，常只注意到最明顯的事物，卻忽略了許多細微的東西，自然也就不可能獲得最佳的成果了。

一個好的畫家不會放鬆細微的色彩。

一個好的導演不會忽略配角的演出。

一個好的建築師不會忘記任何管線。

一個好的主管不會輕視任何小職員。

想要獲得最完美的成果，就不能忽略任何細節。

我現在就要回家修補裂縫。

冰雪的力量

紐約的隆冬之後，總看到許多工人忙著修補路面。

「下大雪的期間，應該行駛的車子特別少，爲什麼路面反倒破了這麼多大洞呢？」某日我不解地問一個修路的工人。

「這不是被車子破壞，而是遭冰雪侵蝕的。」工人笑著回答。

「那就奇怪了，你們的工程爲什麼這麼不結實？連冰雪都能將路面損壞呢？」

「你一定是初到有冰雪的地方吧？」工人放下鏟子，指著遠方的山頭說：「如果有空，你可以到山上去看看，那裏有許多比路面結實幾十倍的岩石，都因爲冰雪的侵蝕而崩裂了，所以你不要以爲冰雪算不得什麼，只要有一點小縫，被它滲進去，就可能製造大麻煩；它能夠在結冰時膨脹體積，然後一分分地移動岩石，再一塊塊地將碎石推下山頭。滲透、侵蝕、瓦解、崩潰，都是從那些小裂縫開始的，都是由那些看來不怎麼稀奇的雪水推動的。」

「謝謝你給我的啟示。」我說：「我現在就要回家修補裂縫。」

向前憧憬，回頭反省，
任何人能如此，都比較容易成功。

憧憬與反省

我有許多習畫的學生，由於他們程度不一，畫齡也不相同，所以我起先把學生分爲高、中、初三級，分班上課，但是後來因爲某些學生時間無法配合或補課，造成高初級班學生同時上課的情況。令我驚訝的是：這樣的效果反比分班上課更好。因爲高級班的學生看到初級的東西，常能溫故知新，再作些反省；初級班的學生看到老學生已經能創作大張的作品，會更加強他們的信心與興趣。

向前憧憬，回頭反省，任何人能如此，都比較容易成功。

當你覺得政府的通知惹人討厭，
交通的號誌過於繁雜的時候，
也當好好想想，他們這樣做是為了誰。

為了誰

上飛機的時候，常聽乘客抱怨安全人員檢查得太嚴，認爲沒有必要給大家製造這種麻煩。

其實登機前的檢查完全是爲了乘客的安全，檢查得愈嚴，劫機或被爆炸的可能性愈小，乘客非但不該抱怨，還應該感謝安全人員。

同樣的道理，當你覺得父母師長的叮囑有點囉唆，政府的通知惹人討厭，交通的號誌過於繁雜的時候，也當好好想想，他們這樣做是爲了誰。

只知趕時髦、慕虛名，
卻一知半解，
這種人真是太多了。

表面工夫

聽說勞力士表可以防水，又能自動，某人存了幾十萬，終於買了一只。

號稱「蠔殼」的金表，每個數字下都鑲著一顆鑽石，某人覺得風光極了，戴著金表去海邊度假。爲了避免海水損傷他的「寶貝金表」，下水前，特別把表摘下來。

游完泳，某人回到他在沙灘上的座位，咦？金表呢？金表已經不翼而飛。

◉

聽說出國旅行，帶旅行支票比較保險，遺失二十四小時之內就能補發，某人特別把現款都換成美金支票。

果然才到國外，旅行支票就被偷了，某人趕快申請補發。

「你的支票號碼多少？」發票銀行問。

「我沒記下。」

「你總在上面一欄簽名了吧？」

「什麼？」某人一怔：「不是用的時候才簽嗎？」

「你一定先要在上面一欄簽名，用的時候再簽下一欄，別人無法仿冒你的簽名，那支票才管用。」銀行人員說：「現在人家上下一簽，就都能用了，你的支票早成人家的支票了！」

◉

聽說數位相機好用，某人特別去買了一架最貴的數位相機。

相機上有「逆光鍵」，某人不會用，在雪地拍攝出一個個黑黑的臉孔。

相機可以刪除不滿意的照片，某人也不會用，所以印出來一堆模糊不佳的照片。

相機可以調整解析度，某人不會調，結果拍攝的照片比用膠捲多不了幾張。

相機可以當作錄影機，某人更不會用，只好另外提一架老式的攝錄影機。

相機電池需要充電，某人沒帶充電器，帶出國沒多久就「當機」了。

◉

明明買勞力士表，最大的好處是防水，某人卻不敢戴著游泳；明明旅行支票因爲簽名而安全，某人買了之後卻不立刻簽；明明數位相機有比傳統相機好的功能，某人卻不看說明書。

只知趕時髦、慕虛名，卻一知半解，世界上這種人眞是太多了。

作為藝術家的第一步，
不是掌握外物，而是抓住自己。

抓住自己

我在美國維州的馬丁斯維爾教課時，曾經與幾位當地著名的舞蹈家舉行有關藝術的討論會，記得其中一位舞蹈教師曾說：

「當我訓練學生的時候，學生常說他們沒有舞蹈的感性與動機，我則給予一個建議，教他們抓住周遭的一切音響，如鐘的滴答、雨的淅瀝、鳥的呢喃、蟲的啾唧，當每個聲音傳來時，都配合著給予一個舞蹈動作，而當這樣訓練久了之後，即使寂靜無聲，舞者們也能找到舞蹈的感覺，因爲他們抓住了自己心靈的律動。」

他的這段話講得眞是對極了，我相信每個人都有他自己的感性與心靈節奏，只是不一定能感覺與表現罷了。所以作爲藝術家的第一步，不是掌握外物，而是抓住自己。

既要引起學生的動機、興趣，
指點學習的途徑和方法，
又要留些空間，讓學生自己去品味。

老師像導遊

旅行團都有導遊。導遊是一項特別的工作，他們彷彿博古通今，對每個名勝古蹟的歷史都倒背如流，而且待人誠懇、言語幽默，使遊客在他們帶領之下，不但能飽覽風景名勝，更能深一步了解那個國家的風土人情、史實典故。

◉

我見過的導遊，有相當傑出的，他能掌握在車上的時間，爲遊客介紹將前往的地方，使人們心裏有個準備。到達目的地之後，他則指出旅遊的重點，使大家能在預定的時間當中自由欣賞，而在遊客有問題的時候，他又能跟在旁邊隨時解說。

◉

但是我也碰過一位最差的導遊。他的口才及學問不是不好，而是該講的時候不講，不該說的時候卻很囉唆。在車上，他一聲不吭，到了名勝古蹟之後，卻把大家聚集在門口，像開演講會似地大吹一番，等他說完，旅遊的時間也只剩五分鐘了，結果聽是聽了不少，真正旅遊的卻都是那些名勝古蹟的大門。相反地，如果想自己去玩，則聽不到他所講的，很多東西也不易了解。

◉ 從這些導遊身上，我領悟了教學的道理——

導遊引著旅客去風景名勝遊覽，教師何嘗不是帶著學生去知識的寶庫參觀？

導遊要當說的時候說，當遊的時候遊；教師則應該當講的時候講，當讓學生讀的時候教學生自己閱讀。他既要引起學生的動機、興趣，指點學習的途徑和方法，又要留些空間，讓學生自己去品味，有問題時再給予指導，這樣學生才能獲得發掘知識的快樂，也才能養成獨立思考的能力。

任何地方、任何時間，
都可以學習。

學習的方法

有四個不同職業的人，包括畫家、音樂家、語言學家和醫生，在聊天時分別講述自己的趣事——

「一般人的褲子，最容易破的應該是臀部，可是我因爲經常在思考繪畫用筆時以指甲劃膝，所以總是膝蓋先破，不知內情的人，還以爲我在家常被太太罰跪呢！」畫家說。

「你這還沒什麼關係，大不了人家以爲你怕老婆。」音樂家笑道：「可是我就麻煩了，因爲我經常一想到樂曲，就搖頭晃腦、手舞足蹈。有時坐在桌前，更把桌邊當作琴鍵，指東畫西一番。結果許多人以爲我是瘋子而遠遠避開，眞要命！」

「你們的情況都還好，畢竟不會眞正影響到別人，可是我啊……」語言學家有點不太好意思地說：「當我初到國外學語文的時候，經常從商店的招牌上學單字，由於一邊走路，一面抬頭看招牌，不知有多少次撞到別人，碰到同性還好，有時撞到年輕的異性，面子實在掛不住。」

「我也有跟你頗爲類似的情況。」這時醫生發言了：「不過不是撞得不好意思，而是看得不好意思。因爲我經常盯著人看，注意對方的骨骼，心裏默背骨骼的名稱；觀察對方的肌肉，心裏想著它們的功用。有時我在車上盯著同一個人看，一看就是半個鐘頭，某次有位小姐被我看火了，居然怒氣沖沖地走到我的面前，對我吼：『你看夠了沒有？』你們說尷尬不尷尬？」

◉

以上雖然只是幽默的小故事，但由他們的對話，我們知道——任何地方、任何時間，都可以學習。

快把握美好的學生時代，多吸收些知識，多聆聽些教誨，多留下些美好的回憶吧！

美好的學生時代

小學時，我總羨慕中學生，因爲他們考壞了不會捱打；放學時，更不必排隊出校門。

中學時，我又羨慕大學生，因爲他們不必每天穿制服、背書包；成績單發下來，更無須緊張兮兮地拿給家長蓋章。

可是到了大學，我又羨慕進入社會的人了，因爲他們不必爲期中考、期末考操心，更沒有教授催他繳報告。

而今進入社會，我才發現眞正快樂的還是學生，而學生時代最快樂的又是小學階段。因爲那時我背的書包雖然重，卻沒有生活上沉重的擔子；我雖然得排隊出校門，但在老師的保護下，過街卻非常安全；我雖然常會挨罵，但也很容易就能知道自己的錯處。◉

至於今天，我雖然已經是一個不再會捱打，反而能打自己孩子的父親；雖然是一個不再有人逼著念書，甚至能寫書給別人看的「作家」，我卻覺得遠不如學生時代好。

因爲當我做錯事而不自知的時候，很少有人會指責我；當我文章寫壞了的時候，很少有人會當面批評我；當我應該多充實、多讀書的時候，不再有人指定書目給我。離開了會鞭策我的老師，我必須自我鞭策、自我鼓舞；離開了會責備我的師長，我必須自我反省、自我警惕。而事業、名譽、生活、家庭，更變成比書包還重幾十倍的擔子，落在我的肩頭。

所以我常對學生說：「不要羨慕我，我還在羨慕你們呢！快把握美好的學生時代，多吸收些知識，多聆聽些教誨，多留下些美好的回憶吧！」

幾畦菜園、半角紅牆、一灣清淺，
同樣能成為不朽的作品。

平凡中的偉大

「我母親最近參加鎮農會舉辦的烹飪比賽，得到冠軍。」一個學生興奮地對我說。

「眞是太不簡單了，她必定做了一道很名貴的菜參加比賽吧？」我說。

「不！那是別人，幾乎每個參加比賽的人都用了海參、魚翅、香菇這類昂貴的材料，但我母親只用了一些青菜、豆腐和草菇。」

「那麼簡單的材料，怎能贏呢？」同學們異口同聲地問。

「因爲評審說大家做的菜都很可口，但我母親用的全是本鄉出產的材料，物美、價廉而且營養，所以理當得第一名。」

「對極了！」同學們都大聲地喝采。

繪畫何必一定要寫名山古剎、長河大川。有時幾畦菜園、半角紅牆、一灣清淺，同樣能成爲不朽的作品，而且給予我們更親切的感受。這不是一樣的道理嗎？

你說我是井蛙望天，擁有的天空不過三尺，
可是當你說這句話的時候，卻正擋住了我的天空啊！

井蛙望天

有一個孩子到井邊打水，當他正要將水桶往下垂的時候，突然從井底傳來一陣歌聲。

「是誰在裏面唱歌啊？」孩子趴在井邊大聲問。

「是我在唱歌！」一隻青蛙正腆著又大又白的肚皮，躺在水裏洗澡：「這井水眞是太涼快、太乾淨、太甜美、太舒服了！使我高興得非哼上幾句不可！」

「哈！哈！哈！哈！哈！」孩子幾乎笑彎了腰：「你眞不愧是個井底之蛙，陷身在那既潮濕又黑暗的井底，居然還很得意呢！讓我把你救出來吧！給你看看這個廣大的世界，保險你只要瞧上一眼，就會被世界的美嚇得昏過去，而且再也不願回井底了！」

「謝謝您的好意，外面美麗的世界，您還是留著自己享用吧！在這井底我已經很快樂了，我不相信外面會比這塊地方更好。」

「怪不得大家都形容那些見識淺薄，沒看過世面的人爲『井蛙望天』，你眞是井蛙望天，才三尺不到的那麼一小塊天，難道就能令你滿足了嗎？」

「我當然滿足，三尺不到的天也是天，你們的天是圓的，我的天也是圓的啊！再說，我這麼一隻小小的青蛙，何必要太大的天空，那樣太浪費了！」青蛙理直氣壯地說。

「可是你知道：晴朗時，萬里青空；半晴時，白雲舒捲；陰天時，濃雲密布；落日時，滿天彩霞的各種變幻嗎？」孩子說。

青蛙一笑：「但我也知道天上會降下豪雨，淹沒你的田園；颳起颱風，吹飛你的屋頂；打起閃電，嚇得你往被窩裏躲。」拍拍大肚皮：「可是我都不怕。就算它下傾盆大雨，不過是爲我這可愛的池塘多添半桶水罷了！就算它颳起十五級颱風，不過給我吹吹風扇罷了！就算它滿天閃電，不過給我照照亮罷了！」指指上面，青蛙得意地說：「

你別瞧不起我這塊天空喲！它雖然小，卻只有好處；你也別得意擁有大塊的天空喲！要想想它雖然給你好處，但也給你傷害。所以不要想擁有太多，得到太多反而會帶來煩惱；更不要罵我井蛙望天，你自己一眼又能看幾個天空呢？」

「好！好！好！算你會講話，我說不過你，現在請你讓開一點，我要打水了！」說完，孩子就將桶拋了下去，在井底激起一個好大的水花。

「喂！客氣一點好不好！」青蛙大聲喊：「你說井底侷促得不成樣子，爲什麼還來我這塊小地方打水？你說我生活得十分可憐，爲什麼還來破壞我的這點寧靜？你說我是井蛙望天，擁有的天空不過三尺，可是當你說這句話的時候，卻正擋住了我的天空啊！」

積極地讀書，讀積極的書；
有系統地讀書，讀有系統的書。

積極地讀書

某日我去拜訪一位老教授，請示讀書的方法。

「讀書的方法很簡單！」老教授說：「積極地讀書，讀積極的書；有系統地讀書，讀有系統的書。」

看我不太了解，他又說：「所謂積極地讀書，是要有主動的讀書態度，不能在別人逼的情況下才讀書；而讀積極的書，則是指書的內容，應該光明向上，而不能消極頽唐。至於最後兩句話的意思，則是說你應當先擬定一個讀書的計畫，按部就班地來，書的內容更應當選擇有系統、有組織的，才能收到最佳的讀書效果。」

蠟燭的心叫「芯」，
人的心叫「志」。

芯與志

雖然電燈早已非常普遍，但是許多歐洲家庭在晚餐的時候仍然喜歡點蠟燭，因爲他們覺得那暈黃跳動的燭火，遠比電燈來得有情調。

當我到歐洲旅行的時候，曾經去一個製燭廠參觀，在那裏陳列了各式各樣的蠟燭，從不及鉛筆大的迷你燭，到十幾公斤的巨無霸；從聖誕老人的造型，到丘比特的雕像，布置成一片蠟燭世界。

「這些蠟燭做得眞是太精巧了，只可惜每個蠟燭上面都拖著一根芯，看來有點礙眼。」我說。

「怎能沒有芯呢？」蠟燭店的老闆似乎十分驚訝地睜大了眼睛：「既然是蠟燭，當然就要有芯，沒有芯的蠟燭根本不能用。蠟和芯是彼此不能缺少的。沒有蠟的芯，一下子就會燒焦；沒有芯的蠟，根本無法點燃。蠟供給芯燃燒的油脂，芯則集中蠟的能源發出光亮，所以通常製燭的第一步就是裝芯，芯是蠟燭的心，就像人的心一樣重要啊！」

蠟燭的心叫「芯」，人的心叫「志」。有志向卻不知充實自己，志就成了妄想；有學問卻不能立志做大事，也很難有高的成就。

立志與求學就如同燭芯與蠟油，是相輔相成的。

這世上的每個人，無論他多偉大、多有名，
都像那麼一棵樹……

聖誕樹

每年十二月一號，紐約洛克菲勒中心前面的廣場，都有聖誕樹點燈的儀式。

超大的聖誕樹，據說都是由賓夕凡尼亞州，從千萬棵巨大的杉樹中挑選出來。

有一天我教學生畫杉樹，順便提起那棵巨無霸。

「你以爲那巨大的聖誕樹眞是那樣的嗎？」一個中年女學生神秘地笑道：「錯了！多好的樹都有缺陷，都會缺枝子、少葉子，必須由我在那裏當木工的丈夫，用其他樹的枝子補上去，才能完美啊！」

此後，每次我看洛克菲勒聖誕樹點燈的新聞，都想起她的話。

我想這世上的每個人，無論他多偉大、多有名，都像那麼一棵樹……

當你投資的時候，再有把握，也不該將家產全部擲入，而應留一點起碼的生活費。

重號座

當你到戲院看電影時，如果注意一下，常會發現，即使客滿，在場裏最佳的位置，仍然有幾個空位，那些座位並不是觀眾未到，而是戲院特別保留的「重號座」。

因爲售票員爲觀眾劃座，難免有疏忽，而產生一個位子賣兩張票的情況，這時服務人員，則會把後進場卻發現重號的觀眾，帶到預先留好的重號座。更由於重號座總在最佳的位置，所以遭遇這種情況的觀眾，一定會欣然接受。

相反地，如果重號座的位置很差，觀眾必不高興而有怨言；倘使預先不留重號座又客滿，結果就更不堪設想了。

◉

不只戲院，我們做任何事，不都該如此嗎？即使再細心的人，也可能百密一疏，爲了使自己有個退路，爲了使尷尬的情況能夠解除，我們都應該預留幾個「重號座」——

當你投資的時候，再有把握，也不該將家產全部擲入，而應留一點起碼的生活費。

當你登山的時候，再有把握，也該隨時記住入山的路線，以便前面遭遇困難，可以由原路退出。

當你主持節目的時候，出場的安排再嚴謹，也該預記一些備用的台詞，以便演員耽擱時用來填補空檔。

「防患未然！」做任何事，都不能忘記這一點哪！

盲目地追求生活的享受，
不如細細體味一下眼前的生活。

生活享受與享受生活

我有位從商的朋友，一年到頭總是忙得團團轉，錢雖然賺得不少，卻累得滿臉焦黃、渾身是病。

某日我問他：

「你如此忙碌，到底是爲什麼呢？」

「爲了追求生活的享受，爲了改善生活。」他說。

「你達到目的了嗎？」

「我不知道！」

「你當然不知道！」我說：「因爲你只知道追求生活的享受，卻不知道享受生活；你只想改善生活，卻不去體味生活。如此，你怎能得到生活上的享受，又怎能知道自己的生活已經改善了呢？這就好比爬山，如果你從來不駐足欣賞山下的美景，怎能獲得登山的情趣，又如何知道自己登上了高山呢？所以與其盲目地追求生活的享受，不如細細體味一下眼前的生活。」

衣裝不講究，還能「粗服亂髮，不掩國色」；
但是詩文、書畫不修邊幅，
就「一步走錯，滿盤皆輸」了。

不修邊幅

大家常用「不修邊幅」這句話來形容不注意衣著打扮的人，我則用「不修邊幅」來評論學生的繪畫和作文，因爲他們畫畫，經常對於前景非常講究，用筆一絲不苟，設色也很恰當。但是畫到遠景時，卻常因爲耐性不夠，或以爲遠景不重要而草草了事，結果就因爲邊幅之不修，而糟蹋了一張畫。

◉

至於作文也一樣，大家總說開頭難，我卻發現學生作文常是結尾差。因爲他們開頭時往往能細細經營，到結尾時卻草草收場，造成虎頭蛇尾的現象。

所以我覺得「不修邊幅」這句話，用在評論詩文書畫的佈局、用筆，要比形容人的衣飾、裝扮更爲恰當。因爲衣裝不講究，還能「粗服亂髮，不掩國色」；但是詩文、書畫不修邊幅就「一步走錯，滿盤皆輸」了。

社會是學校的「延伸」，
學校是社會的「先修」。

用人與訓練人

某電視公司招考記者，報考的人相當多，但是後來竟一個也沒錄取，公司的理由是——大家在「新聞播報」一項的表現都不好。

消息傳出，有幾位參加考試的人聯名向電視公司請願：

「由於我們從來沒有播電視新聞的經驗，新聞稿又是記者們手寫的，字體龍飛鳳舞，各不相同，加上場內的水銀燈亮得令人眼花，攝影機上的紅燈閃得令人心亂，使我們完全無法適應，更不能發揮。是不是能讓我們受一陣訓練再參加考試，我們一定會有較佳的表現。」

未料電視公司的答覆是：「敝公司是用人的地方，不是訓練人的地方，如果要訓練，那是參加考試者自己以及學校的事，等到投入考場才訓練，恐怕已經太晚了！」

◉

由以上這件事，我們知道——

學校的責任，除了傳授知識，使學生了解之外，更當訓練學生，使他們能夠應用。

社會是學校的「延伸」，學校是社會的「先修」。

如果有一天，他們對親友都失去了情義，
就連我們鞋子、刷子也不如了。

鞋子們的討論會

某晚，櫃子裏的皮鞋們舉行了一場討論會。

爲了敬老，首先由一雙彎腰駝背、滿臉皺紋，而且牙齒漏風的皮鞋老爹發言，他顫抖地說：

「我覺得人們是最沒良心的，因爲世界上任何動物都用他們自己的腳板走路，只有人類狠毒地剝下動物的皮，做成皮鞋來穿，不管太陽曬得柏油路面冒泡或是雨水混和著泥漿；也不管地上有又尖又硬的石塊或刺人的荊棘，他們都毫不憐惜地踩著我們亂走，要我們爲他們受苦、受難，好讓他們的腳長得又白又嫩。而且，當我們破損變形不堪再穿的時候，他們就把我們往垃圾桶裏一扔，甚至還怕把手弄髒，而急著去洗手。他們不念主僕的情分，不念我們的功勞、苦勞，連把我們甩掉之後，還要侮辱我們，你說人類可恨不可恨？」說到這兒，皮鞋老爹又氣又累地乾咳不止，咳出不少沙子。

◉

這時坐在櫃子最上方，剛加入鞋櫃不久的皮鞋小夥子開口了：

「皮鞋老爹太誇張了！他一定是因爲年紀太大，而且牙痛，所以喪失記憶、亂罵主人。我覺得人類是最有良心、最體貼，且能以德報怨的。」

所有的皮鞋都露出懷疑的目光。

「至少我覺得主人對我就相當好。」新皮鞋小夥子繼續滔滔不絕地說：「他每天擦拭我，使我一塵不染；他每週爲我刷上鞋油，使我總是神采煥發；他甚至走路都特別小心，乘公共汽車更不時閃躲別人的腳步，唯恐我受絲毫的損傷。至於陰天下雨，長途跋涉，他從不要我出馬，而任憑我在家睡覺，這是多麼體貼呀！尤其不簡單的是，他以德報怨的胸襟。儘管我因爲年輕氣盛，有時咬他幾口，害他腳跟起泡，他還是對我滿臉笑容，並時時在人前誇讚我的身價。他眞是偉大、慈祥，而且……」

「夠了！夠了！你們都太偏激！讓我來講幾句公道話。」已經開始發福的中年鞋子打斷小夥子的話：「我記得主人起初是那麼慈祥體貼，但是漸漸地，他就露出喜新厭舊的本性，先是不再每天給我搽面霜，後來連臉都不爲我擦了。而且過去別人如果踩我一腳，他一定會瞪上那人老半天，然後掏出潔白的手帕，彎下腰，輕輕爲我擦去淚水；但是而今，別人踩我好幾下，他都不在乎，還穿著我去爬山和踢足球。」說到這兒，他長長地嘆口氣，低頭看看滿身的泥土，搖著頭說：

「爲了他，我眞是犧牲太大了。他的腳長得怪，我特別扭著腰、伸長脖子、挺著肚子去適應他，使他穿著舒服。豈知，就因爲如此，舉凡粗重的工作，長遠的跋涉，他必定要我出馬；爲此我擦傷了漂亮的臉頰，跌落了整齊的牙齒，不但沒獲得報償，他反而因我失去美貌，任何宴會大典都不帶我去了。所幸他偶爾還會拍拍我，對他太太說我是最舒服的鞋子。並在他心情好時，為我搽上一點面霜，使我的怨氣能稍稍平息。」

◉

最後，站在一旁老半天的鞋刷也開口了：「我覺得你們根本不必爭辯，人類不單對鞋子，他們對任何東西都這樣；像我，先是被用來刷帽子，而後刷衣服，現在則刷鞋子，只怕明天也就要進垃圾桶了。有用的時候說你好，並給你重任；沒用的時候，頭也不回地把你甩掉，這大概是人類的本性吧？幸虧他們對同類不致如此，當父母年老無用時，他們還知道孝敬；當妻子人老珠黃時，他們還知道體貼；當朋友窮愁潦倒時，他們還知道濟助。就憑這一點，他們還算得上是人，如果有一天，他們對親友都失去了情義，就連我們鞋子、刷子也不如了。」

全體鞋子都熱烈鼓掌，使得櫃子裏塵土飛揚。

「謝了！謝了！請別再鼓掌。」鞋刷子大聲喊著：「否則我又有得忙了。」

得意常會忘形，忘形則易疏忽，
疏忽招致失敗。

全壘打

一聲清脆的聲響，球斜斜地飛向外野，越過外野手的頭頂，飛過那堵長長的矮牆。

「全壘打！」

在萬眾的歡呼聲中，打擊者輕鬆愉快地跑完一、二、三壘，接受隊友熱情的擁抱。這是多麼光榮的時刻！經常只是這一棒，就能爲自己的球隊搶下半壁江山，就能把對方的投手打得方寸大亂。

◉

可是我卻見過一位全壘打者，當他正接受隊友祝賀的時候，裁判卻手一舉，判他出局了。

「爲什麼？」他驚訝地問。

「因爲當你跑完三壘時，許多隊友過去迎接你，使你忘記踩本壘板了！」裁判說。

◉ 得意常會忘形，忘形則易疏忽，疏忽招致失敗，當我們得意的時候，怎能不以此警惕呢？

妳的手比任何語言更能在一握之間，
向對方述說妳的成就。

纖纖玉手

當你與兩位女士握手時，如果一位女士的手柔膩豐腴，另一位的手粗糙乾硬，你會有怎樣不同的感想？

我會喜歡前者，因爲她使我想到詩經中「手如柔荑、膚如凝脂」的美女莊姜；使我想到電影中翩翩起舞、湖畔嬉戲的貴婦，那是何等美好的聯想！

但是我更會敬重後者，因她必定十分辛苦。她照顧家庭，將庭院的草剪得平平整整，將房裏打掃得一塵不染；她也可能專心工作、親手操持，犧牲原本柔細的雙手，成就一番事業。

◉

女士們！如果妳擁有一雙粗糙的手，請不要因爲它們失去往日的光澤而嘆息，更請不要隱藏它們，因爲妳正應當爲有那麼一雙偉大的手而驕傲，妳的手比任何語言更能在一握之間，向對方述說妳的成就。

所以人生無退休，
「退休」只是「另一個開始」。

退休與轉進

常聽朋友說：「某人在退休之後，因爲無所事事、志氣消沉，而身體大不如前……。」

我想，那些人都是受了「退休」這個詞的害，因爲「退休」從字面的解釋爲「退職」、「退隱」、「休息」、「休止」，可以說完全都是消極的意味，毫無進取的成分，使許多人一想到退休，就很自然地衰老、停頓了。

◉

其實人生眞有退休嗎？

如果有，那必是死亡。因爲只要我們活著，就不可能「退」而且「休」。我們可以沒有公司的職務，但不能丟下人生的職責；我們可以沒有固定的工作，但服務社會仍然是我們的工作。持家、教學、讀書、運動、習畫、種花、養鳥和各種社會服務，我們能做的事眞是太多了，怎能因爲公務上的所謂「退休」，就眞正退而休了呢？

所以人生無退休，「退休」只是「另一個開始」。

參考書就像維他命丸，沒有不吃正餐，
只靠藥丸而能健康長壽的。

偏方

當你生病的時候，會有許多人介紹偏方嗎？那麼我也送你一道方——「最好不要吃偏方」。因為你很可能因為無效的偏方而耽誤了有效的治療。

◉

當你準備考試的時候，會有許多人向你推銷「一週必勝」、「聯考半月通」或「考前猜題」一類的書嗎？那麼我也指給你一條金榜題名的途徑——「先別讀那些投機的書。」因為你很可能因此耽誤讀課本的時間。參考書就像維他命丸，沒有不吃正餐，只靠藥丸而能健康長壽的。

投機獲勝、守株得兔的人固然有，但那畢竟少之又少啊！

如果我們成人碰到打雷，也都作個檢討，
恐怕想到的缺點，將十百倍於那個孩子吧！

打雷與檢討

我的鄰居有個才五歲的孩子，非常怕打雷。所以每當打雷的時候，他的母親就對他說：

「一定是你做錯了什麼事，才會打雷。快點檢討一下！想想自己犯了什麼錯。」

這時孩子總會很快地說出一堆錯。

一個五歲的孩子都能認那麼多錯，如果我們成人碰到打雷，也都作個檢討，恐怕想到的缺點，將十百倍於那個孩子吧！

平淡地開始，偉大地創造，
久遠地影響。

燃火與磨墨

有一天，氣溫並不很低，房東老太太卻點燃了壁爐，然後坐在前面的搖椅上，對著爐火出神。

「天氣並不很冷，妳生火做什麼呀？」我笑著問她。

「你以為生火只是為了取暖嗎？」她盯著爐火，無限感慨地說：「爐火給予我的是一種情調啊！看著那一根根粗重的木頭在爐子裏，起初只是蒸發它的潮氣，然後冒出熊熊的火焰，最後卻又變成灰燼、化為輕煙，這多像人的一生啊！笨拙地起步、雄健地奔跑、衰竭地停止，到頭來不過是幾抔黃土、一堆青塚，又能牽得走、帶得去什麼？」說完，她站起身，往爐中添了一塊木頭，然後走到我的桌前，此刻我正在研墨準備作畫。

「每次看你磨墨，眞是累，好好的墨汁不用，卻要慢吞吞地磨，磨個老半天。」她歪著頭對我笑，笑出了滿臉皺紋。

「妳以爲我只是在磨墨嗎？」我說：「我是在沉思啊！妳看那無色無味的白水，在這硯中一磨就漸漸發出清雅的香味，變作濃濃的墨汁，然後被濡上了筆，落入了畫，給予人們無限的遐思，並留傳久遠的年代，這不也像人的一生嗎？平淡地開始，偉大地創造，久遠地影響，雖然到頭來那水的成分整個被蒸發而消失了，但是由它所夾帶的墨韻與畫意，卻能長遠地留傳下去啊！」

「我用火來比喻，你以水來比喻；我用紅色的火焰來比喻，你以黑色的墨汁來比喻，我們眞是各有一門哲學啊！」她拍拍我的肩膀。

但是如果他們不去算命，
恐怕也不至於有這樣的遭遇吧！

心生暗鬼

說三則有關算命的故事給你聽：

一、

有個卡車司機的太太看相，算命先生見面就說：「不出三天，妳就得作寡婦！」

這太太立刻把丈夫叫回家：「這三天之內，你留在家裏，不要出去開車，如果你覺得寂寞，我可以找人來陪你聊天、打牌。總之，三天之內，你不准出門。」

眼看三天就要過去了，卡車司機的太太十分高興，傍晚特別跑出去買些酒菜，準備慶祝一番。

未料才出門，她丈夫就接到公司的電話，表示有一批短程的貨急著送，非請他幫忙不可，卡車司機心想沒多遠，於是一口答應下來，誰知開車出去不久，就出了車禍，喪了性命。

出車禍的原因，是他連打兩夜的麻將，以致精神恍惚，撞上迎面而來的貨櫃車。

二、

有一位名教授去看相，算命先生嘆著氣說：「虧你有這麼好的學問，到頭來卻會因爲患精神病而死得很不光彩。」

教授聽了之後，心頭立刻罩上一層陰影，他想：「這位相士是非常著名的鐵口，如果眞如他所說，我會因患精神病而死，豈不把我一世英名都糟蹋了嗎？」心裏愈想愈不對，結果睡不好、吃不下，漸漸倒還眞有些精神恍惚，朋友們的關心問候，更增加這位教授的不安，最後他想：「與其患精神病死得不明不白，倒不如自己了結。」

於是某晚他服了過量的安眠藥，而一睡不醒。第三天報上登出他的新聞——

某教授自殺，原因無法查出，但據他的親友表示，最近教授的情緒一直不穩，故推測可能係因精神失常而服毒自盡。

三、

某商人去看相，算命先生說：「你絕對活不過今年年底！」

商人聽說之後，心想反正已經沒有多少日子能活，不如好好享受一番，於是買賣不做了，並大量揮霍，亂開支票，到處借貸，結果到了年關，人人上門討債，商人沒病死，卻被債主逼得上吊了。

◉

以上三個人的命運，可以說都被相士言中了，但是如果他們不去算命，恐怕也不至於有這樣的遭遇吧！

當我們把工作看成權利時，
便會更尊重自己的工作，且獲得更大的快樂。

工作的權利

某日，我在街頭看見一位女工，正費力地拿著鐵鍬挖路，但是旁邊有好幾個男工卻坐著聊天。我就抱不平地對男工說：「你們為什麼不去幫幫她呢？」

未料沒等他們答話，那位女工卻發言了：「是我不要他們幫忙，因為這是分給我的工作，雖然我做得慢，但我還是要靠自己的力量完成它，這是我的工作，也是我的權利！」

◉

不久之後，我到英國拜訪僑領陳堯聖先生，當我看見陳夫人要為我倒茶的時候，趕緊過去幫忙。未料陳先生說：「請不要去幫忙，因為那是她的權利！」

◉

由以上兩件事，使我了解——工作也常是權利。而當我們把工作看成權利時，便會更尊重自己的工作，且獲得更大的快樂。

少壯努力，不是及時行樂，而是把握光陰，
花開堪折切勿折，莫待無果空折枝。

花開堪折切勿折

「花開堪折直須折，莫待無花空折枝。」這是唐代杜秋娘著名的詩句，意思在勸少年人把握時光，以免老大徒傷悲。但我覺得原詩句如果改爲「花開堪折切勿折，莫待無果空折枝」，似乎也別有一番意味。

◉

在人生的旅程上，吸引我們、令我們眷戀的東西實在太多了。我們經常因爲眩於眼前的繁華，而停駐奮鬥的腳步；貪圖一時的享受，卻喪失更大的成果。這好比看到樹上有花就去攀折，但沒想到折下一時嬌豔的花朵，卻失去了未來豐盛的果實。

少壯努力，不是及時行樂，而是把握光陰，所以我要說：

「花開堪折切勿折，莫待無果空折枝。」

沒有地底的蟄伏，哪有嘹亮的蟬鳴；
沒有十年的生聚，哪有復國的勾踐；
沒有刺股的苦讀，哪有合縱的蘇秦？

勾踐與蘇秦

可憐的毛蟲，你怨恨自己的遲緩醜陋，羨慕蝴蝶的輕盈美麗嗎？那麼趕快做一個繭，將自己深藏起來，逐步改進、緩緩蛻變，重新裝扮一番，長出一雙翩飛的彩翼吧！

◉

可憐的朋友，你怨恨自己的失意無能，羨慕別人的學識成就嗎？那麼趕快走回書房，將自己安定下來，靜靜思索、細細檢討，更加充實一番，塑造一個新的自我吧！

◉

沒有地底的蟄伏，哪有嘹亮的蟬鳴；沒有十年的生聚，哪有復國的勾踐；沒有刺股的苦讀，哪有合縱的蘇秦？每當我們不得意的時候，都當關起門來，好好地反省啊！

古人留給我們的文化遺產，我們不但要傳遞下去，
更當創造這一代的東西，
給以後的人看哪！

新精神與新境界

今年春天，我在美國維州的馬丁斯維爾，欣賞了一場以訓練方法爲主題的現代舞發表會。其中給我印象最深刻的，是主講人法蘭西斯女士以喜、怒、哀、緊張等情緒爲「觸機」及「題材」，編成的一段舞蹈。

當她講到笑，舞者就表現出各種不同的笑，有的捧腹大笑；有的忍著不笑；有的嘿嘿冷笑；有的嘎嘎嬌笑；有的狂笑；有的竊笑，而就以這許多笑的動作，她組合成舞蹈，呼應成節奏，組織爲畫面，予人律動的美。

◉

她們的舞蹈使我想起《詩大序》中「在心爲志，發言爲詩，言之不足，故嗟歎之；嗟歎之不足，故詠歌之，詠歌之不足，不知手之舞

之，足之蹈之也」的句子。

情感確實是音樂、舞蹈、繪畫、詩歌等各種藝術創作的原動力，能夠掌握情感，就能創作出最引人共鳴的藝術品。可惜現在有些藝術家只重形式而忽略內涵，只知重複過去的樣子，卻不能表現新的意境，造成許多只見古人軀殼，卻無今人血肉的東西。其實前人固然主張師古，但也主張師人、師心、師造化。「師人」是取他人之法，「師心」是表現自己的精神，「師造化」是感受山靈水韻，豈能因「師古」而「泥古」呢？

◉

所以不論繪畫、音樂、舞蹈、詩歌，我們都應該注入新精神，創造新作品；古人留給我們的文化遺產，我們不但要傳遞下去，更當創造這一代的東西，給以後的人看哪！

如果人人都能以山靈水韻來陶冶自己，
世界上就不會再有仇恨、侵略與戰爭了！

畫中的哲理

一九七八年夏天，邵幼軒女士和我，同應美國聖若望大學的邀請舉行國畫聯展。那次展覽，給我印象最深刻的並非上千貴賓的光臨，而是在預展酒會中，聖若望大學副校長薛光前博士對觀眾說的一段話——

薛博士首先指著邵幼軒女士的一幅竹子說：

「中國人的繪畫表現了中華民族的精神和人生觀。當他們畫竹的時候，不僅描寫竹的形象，更表現了竹的節操；他們把竹子比喻爲君子，將竹的精神帶入自己的生活。

你們看那虛心勁節的竹，它雖無艷麗的外貌，卻有挺拔的風骨。它們不畏打擊，在狂風驟雨中依然挺立；在嚴霜厲雪後依然青翠。它們愈挫愈堅，也愈站得穩、立得直。

你們再想想竹的用途，它的芽可以吃；它的幹可以做家具建材；它的枝可以爲帚；它的葉可以包粽子做斗笠；它的每一寸都能供我們使用；它奉獻全部的生命造福世界，這也是中國人的精神。」

◉

接著薛博士又指著我的一幅山水說：

「中國的山水畫，不僅描寫秀麗的山川，更表現藝術家幽遠的情懷與人生觀。所謂『外師造化，中得心源』，你必須對大自然有深刻的領悟與濃厚的情感之後，才能描繪出動人的畫面。

今天由於科學的發達，工業的成長，人們總想控制自然、改變自然，結果反而污染了環境，毒害了生物，打破了自然界的均衡與協調，給人類帶來更大的困擾。至於中國的哲學，則是回歸自然，與萬化融合，同臻於至善、至美的境地。」

◉

最後，薛博士又走近我的畫，指著畫中的人物，語重心長地講：

「各位請看！這畫上的人，他危坐山頭，與群峰比起來是何等渺小。當我們看到這幅畫的時候，便知道謙虛、感恩、滿足，更獲得寧靜與祥和，如果人人都能以山靈水韻來陶冶自己，這世界上就不會再有仇恨、侵略與戰爭了！」

有些人一起步就帶著沉重的心理負擔，
使得整個生命的旅途都疲憊不堪。

人生路要輕鬆

每次聽說朋友要到遠方旅行，我總會奉勸他們：「出門時行李能輕就輕，即使少帶一塊多餘的手帕都好。因爲出門時愈輕，旅途愈輕鬆；出門時行李愈少，回來時才能帶得愈多。」

這幾句話對於人生之旅不也很恰當嗎？有些人一起步就帶著沉重的心理負擔，使得整個生命的旅途都疲憊不堪。而且因爲負擔已經很重，沿途即使遇到珍貴的東西，也不能攜取，結果一無所獲地走完全程。

每當我衝動的時候，
都會想：「拔劍容易、收劍難。」

收劍難

我在中國電視公司當記者的時候，常到樓下的攝影棚看拍戲。

有一天，拍武俠戲。男主角的武藝高強，劍才出鞘，敵人已經紛紛倒下，於是瀟灑地收劍入鞘。

「Cut！」突然聽見導播喊停，說收劍的動作太慢，要重拍。於是大夥各就各位，從頭再來一遍。

「Cut！」導播又喊：「收劍又太慢，不夠瀟灑，重來！」

就這樣一遍又一遍，短短一個鏡頭，居然拍了十幾次才過關。

終於收工了，卻見男主角還在那兒一次又一次地練習把寶劍插回劍鞘的動作，一邊練一邊嘆氣：

「拔劍容易、收劍難！」

他這句話一直記在我心裏，每當我衝動的時候，都會想：「拔劍容易、收劍難。」

當我們觸目驚心於謀財害命的新聞時，
最好反省一下，自己是否也正在謀財害命。

謀財害命

提到「謀財害命」，一般人就會想到凶殺案，其實謀財害命不見得是犯法的，甚至可以說，大部分謀財害命的人都不會被抓，因為他們不是謀他人的財，害他人的命，而是謀別人的財，害自己的命。

為了賺錢而一天工作十七小時，為了發財而整年馬不停蹄地奔波，為了同時軋幾部戲而日夜趕場的明星，為了賺取高薪而專門賣命的替身演員，你說他們哪一個不是在謀他人的財，害自己的命？

所以當我們觸目驚心於謀財害命的新聞時，最好反省一下，自己是否也正在謀財害命。

許多艱深的理論和詞彙都學會了，
反倒忘記最基礎的東西，結果功虧一簣。

煮餃子

某日我請一位外國朋友吃水餃，他除了大大讚美，並要求我教他製作的方法，於是我特別另外安排一天，從拌餡、擀皮，一步步為他解說。這位外國朋友非常認眞地學習，不但親自動手，而且寫筆記；不但學會了簡單的形式，而且還知道如何包「小老鼠」、「三角」等花式的餃子。學成之後，他眞是興奮得不得了，立刻打電話給朋友，宣布他學會了包餃子，並決定露一手。

◉

沒想到才隔兩天，他突然打電話給我，請我趕緊去幫忙，因爲他煮出來的不是「餃子」，卻成了一鍋「麵片湯」。等我趕到他家才發現，他每個步驟都沒錯，只是居然把餃子丟進涼水再加熱，怪不得餃子都破了。

◉ 我們學習的時候，不也常犯同樣的錯誤嗎?許多艱深的理論和詞彙都學會了，反倒忘記最基礎的東西，結果功虧一簣。

愈是在災難之後，我們愈得小心，
也愈不能放鬆自己的戒備。

禍不單行

我們經常可以看見兩班以上的火車，在很短的時間內，分別駛過平交道，他們相隔可能只有一分鐘或幾十秒。但據統計，很多車禍就發生在這短短的時間當中，因爲人們常以爲只有一班火車通過，所以在第一列火車剛走之後，不等柵欄升起（鄉下許多地方甚至還無柵欄），就急著通過，結果正碰上另一班疾駛而來的列車。

◉

又據統計，有許多在地震中喪生的人，不是死於第一次發生的強震，而是死在大地震之後的餘震。因爲強震過後，許多石塊、屋梁仍危懸在高處，此時再有地震，人們想只是餘震，不會太大，豈知原來搖搖欲墜的東西，恰巧在這時落下……

◉

戰爭之後很可能有許多廢彈、地雷未被清除。
洪水之後很可能有許多疾病會開始蔓延。
颱風之後很可能跟來豪雨。
地震之後很可能引來海嘯。
愈是在災難之後，我們愈得小心，也愈不能放鬆自己的戒備。

不可因為廣告好而任意延長，
也不可因收視率略差，而草草收場。

電視劇

某電視公司預告推出一個新的連續劇，但臨時因故未能播出。在這前一個連續劇已經播完，後一個劇本卻不能登場的情況下，公司只好臨時製作了一個只有三集的短劇，來塡補空檔。

沒想到短劇播出之後，居然佳評如潮，許多觀眾都表示那三集的短劇要比一般連續劇精采得多。

◉

電視公司的負責人覺得很奇怪，特別派員調查，爲什麼臨時製作的三集短劇反而比投資數百萬的連續劇更受歡迎。

調查報告出來了——

當一般連續劇有較高的收視率及廣告收入時，電視公司常爲了多賺點錢，而將劇集延長，結果造成內容空洞與拖拉鬆散的現象。

但那三集的短劇，由於事先已決定只播出三天，所以劇情緊湊，高潮迭起，非常引人。

調查建議：爲了維持戲劇的水準，並使觀眾從頭至尾都留下良好的印象，以後製作連續劇，不可因爲廣告好而任意延長，也不可因收視率略差，而草草收場。

◉

不單電視劇，我們做任何事不都應保持一定的步調與水準嗎？如果藝術家因爲收藏者喜歡某種風格而盡量迎合，文學家爲趨讀者的愛好而大量複製，製片人爲趕時髦而一窩蜂地拍攝，絕不可能產生最佳的作品。

先選擇正確的方向，再除去可能的干擾。
能這樣做，就已經成功了一半。

天線

電視的畫面不佳時，最好先注意一下是否天線的方向有問題，或是有小鳥在天線上跳動。

當學習的效果欠佳時，最好先注意一下是否讀書的方法不好，或有太多分心的事物。

先選擇正確的方向，再除去可能的干擾。能這樣做，就已經成功了一半。

無盡的知識寶藏，早就在我們四周，
只要我們去發掘，隨時都可能有新的收穫！

新發現

常聽人說：「又發現了一種新的元素」、「又發現了一個新的星體」。其實這句話應當改爲：「新發現了一個元素」、「新發現了一個星體」。因爲那些元素及星球億萬年前就已經存在，只是人們一直不知道，新近才發現而已。

無盡的知識寶藏，早就在我們四周，只要我們去發掘，隨時都可能有新的收穫！

天空再美，風箏還是要回到主人的手中；
讓我像是修整風箏一般，綴補你受創的心靈吧！

風箏

在我家附近的廣場上，每到天氣晴朗的午後，總有許多孩子在那兒放風箏，五顏六色的紙鳶，襯著蔚藍的天空，煞是美麗。而我發現，在那群孩子當中，又總有一位六十來歲的老先生，也興致勃勃地長線放遠鷂。有時孩子們的風箏壞了，他還帶著各種材料，就地爲孩子修補。經過打聽才知道，原來那些風箏都是他製贈的，孩子們也就都管他叫「風箏爺爺」。

◉

有一天我經過廣場，看見老先生又在放風箏，就走過去問：「老先生，我經常看見您在這兒放風箏，更知道孩子們的紙鳶也都由您製作，請問您，爲什麼對風箏這麼感興趣？」

老先生回過頭，和藹可親地對我說：「風箏也就像是孩子啊！那麼天眞、活潑而可愛！」

看我有些不懂的樣子，他笑笑：「風箏自己是不會飛的，如果你不爲它綁上一根線，而隨便丟在空中，風再大也飛不起來。所以它就像孩子，要你牽著它；風不夠的時候，更得拉著它跑，才能飛上天空。這不就好比我們管教子女，辛苦地培育下一代嗎？」

「對！有時候我看見您爲了使風箏升空，從廣場的這頭，一直跑到那頭，眞是夠累的。」我說。

「可是放風箏，也有無比的快樂。當你看見它緩緩起飛，逐漸加速，一下子飛上青天，就如同見到孩子完成自己不能達到的理想。它飛上了遙不可及的天際，可是跟你又有一線相連，緊緊抓住手中的線，也就彷彿摸到了它。如果風箏有知，它一定知道，這根線不能斷，失去了你，它必將墜毀。你也知道，要衡量它的高度，了解上面的風速，不能只爲過癮，意圖炫耀，一個勁兒地讓它往上飛。所以每當這風箏飛得小到只有一點的時候，我都會暗暗對它說：『孩子，飛得高，固然過癮；飛得高，固然有那麼多人爲我喝采，但這也是我們最容易彼此失去的時刻，我不得不絞緊線團，把你往回收了。』」

說到這兒，老先生緩緩抬頭，望著遠處空中的風箏，無限感慨地說：「放風箏，使我想起自己在國外的孩子，我辛苦地培育他，送他出國留學，達到了我造就他的理想，但我也總在信中告誡他，不要飛得太快、跑得太遠，異鄉不像故鄉，是會遭遇各種強風逆流的。我更告訴他：『你就像是我放的風箏，我讓你飛得比誰都高，也總要把你收回自己的身邊。天空再美，風箏還是要回到主人的手中；國外再好，你也當回到祖國的懷抱。讓我像是修整風箏一般，綴補你受創的心靈吧！』」

當你對別人生氣或耍性格的時候，
真正受傷的不是別人，而是你自己啊！

摔電話

常聽朋友們說：「我今天十分生氣地摔了某人的電話。」

這時我會問：「你摔了誰的電話？」

「摔了某人的電話。」他們多半如此回答。

「你是摔了『他』的電話嗎？」我繼續追問，並特別強調「他」這個字。

「我當然沒有辦法摔他的，我只是狠狠地、用力地掛上自己的電話。」

「如果你把電話摔壞了，是對方賠你錢嗎？」我說。

「不！」

「這就是了！」我說：「當你對別人生氣或耍性格的時候，眞正受傷的不是別人，而是你自己啊！」

它將使你只是為了生存而生活，而非為生活去生活；
雖能維持生命的存在，卻失去生活的趣味。

營養知識丸

「從此你可以不上菜場，不買碗碟，不設廚房，不再需要一日麻煩的三餐，因爲只要你花兩秒鐘，服食一片本廠最新出品的濃縮營養丸，就可以整日不吃飯，而維持身體的健康。

從此你也可以不去學校，不買練習本，不設書房，不再需要那些又厚又重的書，因爲只要你花幾秒鐘，服食一顆本廠最新出品的知識藥丸，就可以立刻知道一本書的內容。」

◉

西元二一〇〇年，某藥廠刊登了巨幅國際廣告，由於那兩種藥丸是革命性的產品，所以立刻轟動了全球。但是沒想到第二天某人民團體也刊登了一則廣告——

「請勿服食營養藥丸，因爲它將使你失去咀嚼的趣味、品嘗的享受和對色香味的欣賞；它使你不知烹飪的藝術和進餐的優雅，更使你的牙齒軟弱、腸胃退化。最重要的是，它將使你只是爲了生存而生活，而非爲生活去生活；雖能維持生命的存在，卻失去生活的趣味。

也請不要服知識藥丸，因爲它將使你不再能享受書香，不再能沉浸典籍；它將使你不知一彈三歎的慷慨和低吟淺唱的趣味；它使你不再有一卷在手的灑脫和坐擁書城的滿足。最重要的是，它使你能夠記憶，卻懶於思考；只是知道一些事情，卻沒有自己的見解，因而失去學習的樂趣。」

第三天，藥廠又刊登了一則廣告——

「爲了使大家能像過去一樣快樂地生活、公平地競爭、努力地學習、獨立地思考，本廠決定營養知識藥丸只供科學及醫療之用，而不公開發售。」

勇於認錯，雖然會令我們一時難堪，甚至受到法律的制裁，卻能因此解除終生的痛苦。

以痛止痛

每個人都有痛的經驗，有一下子就過去的小痛，也有許久不消的大痛。有些痛來自表皮的擦傷，雖然一時非常疼痛，但不久就會消失；有些痛由於筋骨的挫折，雖然影響行動，但經過一段時間，也會痊癒；有些痛因爲內部組織的疾病，常需醫師細細地診療，自己靜靜地休養，才能恢復健康；但更有一種痛苦，既非來自擦撞挫折，也非源於疾病感染，而是由於我們己身的愧疚、別人的誤會、親朋的離散或種種錯失所造成的心靈創痛；除非愧疚獲得彌補、誤會得以釋清、親朋能夠重聚、錯失得以挽回，否則將終生無法痊癒。

◉

克服痛苦，往往需要經過另一段痛苦，當表皮擦傷而上碘酒時，當筋骨挫折而矯正打石膏時，當內臟重病而動手術時，我們都得忍受一次可能比原來更爲強烈的疼痛才能痊癒。

◉

同樣的道理，如果我們心靈的創痛是由於己身錯誤造成的愧疚，就當勇於認錯，雖然那或許會令我們一時難堪，甚至受到法律的制裁，卻能因此解除終生的痛苦。

人也要扎根深、常修剪，
做的學問才實在。

學作一根葡萄藤

到個釀酒的葡萄園參觀。

「九四年的葡萄最好。」園主說：「因為那一年夏天乾燥，生產的葡萄特別甜。」

「葡萄不怕乾死嗎？」我問。

「新藤怕、老藤不怕！因為老藤的根扎得深，能吸到泥土深處的水分。」園主說：「還有！經過好好修剪的藤不怕，放任它生長的怕。」

「為什麼？」我不懂。

「因為葉子長得愈多、藤蔓攀得愈遠，需要的水分愈多。所以天一乾，就受不了了。」

葡萄要扎根深、常修剪，結的果子才甜美。
人也要扎根深、常修剪，做的學問才實在。

如果我不能再擁有那麼開闊的心牆，
也請賜我一個七里香的樹牆吧！
讓我的花香沁郁四方，讓小朋友隨意穿梭。

心牆

小時候，我家四周是一片空曠的田野，我常站在田埂上對別的小朋友說：「田間的那棟房子就是我家，這塊田則是我家的院子，你們隨時都可以到我家來玩。」

七歲的時候，我搬進城市，院子變小了，四周種了些七里香當作圍牆，我常跟鄰居的孩子在樹牆間穿梭，我說：「我家的這道牆，處處都有門，隨便你們進出。」

十歲的時候，家裏把樹牆除去，改建一堵磚牆，牆不高，所以鄰居小朋友常站在牆外的垃圾箱上跟我聊天，有時他們的球不小心掉進來，就自己爬牆過來撿。

十二歲的時候，母親把牆加高了，並在頂端砌上尖尖的碎玻璃，她說：「現在人心壞了，總要防著些。」但我覺得自從牆加高之後，院子裏的陽光變少，感覺也小多了。

廿六歲的時候，我們搬進一棟公寓，除了窄窄的一個陽台，根本沒有院子。我們在門上裝了貓眼，有人來訪，總先看看是誰才開門。

廿九歲的時候，我單獨到了紐約，住進一棟大樓的套房，連陽台也沒了，朋友來，我非得在電話裏問清是誰，才敢按鈕請他進來。

◉

卅年來，由沒有牆的大院子，到沒有院子只有牆，這不僅是住的改換，也是心靈的變化。

幼兒時，我的心是打開的，純眞地歡迎每個人進入我的心房。

兒童時，我的心是半開的，要進來的人隨時可以進來，我從不加阻攔。

少年時，我心外築起高高的牆，但是在牆裏仍有我可愛的院子，雖然陽光少些，我依然可以在其中玩耍。

青年時，我心裏的小院子也被剝奪了，而不得不從「小洞」看每位來訪的人。

現在，我到達一個世界上最熱鬧、最繁華、也最進步的城市，我的心卻像放在一個小小密封的盒子裏，雖然別人奪不走，我卻也見不到和煦的陽光，吸不到新鮮的空氣了。

◉

我多麼希望能再回到兒時的那片田園，讓千頃的稻浪，作我的心牆；讓人們在我的心牆裏收割，把我的心牆當作他們的食糧。

我多麼希望再擁有兒時的天空，那是一個又寬又大的天空，不爲濃煙所遮翳，不被高樓所侵奪。

我多麼希望再擁有兒時的田埂，它雖然又窄又小，但四通八達，每個孩子都能通過它，進入我的家。

如果我不能再擁有那麼開闊的心牆，也請賜我一個七里香的樹牆吧！讓我的花香沁郁四方，讓小朋友隨意穿梭，因爲我實在不喜歡那些只會隔離人與人的「鋼筋水泥的圍牆」。

劉墉的著作

文藝理論：

〈中國繪畫的符號〉（《幼獅文藝》．1972）

〈詩朗誦團體的建立與演出〉（聯合報1981）

《花卉寫生畫法The Manner of Chinese Flower Painting（中英文版）》（紐約水雲齋．1983）

《山水寫生畫法Ten Thousand Mountains（中英文版）》（紐約水雲齋1984）

《翎毛花卉寫生畫法The Manner of Chinese Bird and Flower Painting （中英文版）》（紐約水雲齋．1985）

《唐詩句典（暨分析）（水雲齋1986）

《白雲堂畫論畫法Inside The White Cloud Studio（中英文版）》（紐約台北水雲齋．1987）（太平洋文化基金會獎助）

《林玉山畫論畫法The Real Spirit of Nature（中英文版）》（紐約台北水雲齋．1988）（太平洋文化基金會獎助）

〈中國繪畫的省思（專欄系列）〉（中國時報．1990）

〈藝林瑰寶（專欄系列）〉（財富人生雜誌．1990）

〈內在的真實與感動〉（聯合報．1991）

《中國文明的精神（三十集二十七萬字）》（廣電基金．1992）

〈屬於這個大時代的麗水精舍〉（太平洋文化基金專刊．1995）

劉墉的著作

畫冊及錄影：

〈歐洲藝術巡禮〉（中國電視公司播出．1977）

《芍藥畫譜》（水雲齋．1980）

《The Real Tranquility（英文版錄影帶）》（紐約聖若望大學．1981）

《春之頌（印刷冊頁）》（紐約水雲齋．1982）

《真正的寧靜（印刷冊頁）》（紐約水雲齋．1982）

《The Manner of Chinese Flower Painting（英文版錄影帶）》（紐約海外電視25台播出．1987）

《劉墉畫集（中英文版）》（紐約台北水雲齋．1989）

《劉墉畫卡（全套五十九張）》（水雲齋．只供義賣．1993．1994．1995．1996．1997．1998．1999．2000．2001．2002）

有聲書：

《從跌倒的地方站起來飛揚（劉墉．劉軒演講專輯）》（台南德蘭啟智中心．只供義賣．1994．馬來西亞華僑董事會聯合總會．只供義賣．1997．水雲齋．只供義贈盲胞．1997）

《這個叛逆的年代（劉墉演講專輯）》（馬來西亞華僑董事會聯合總會．只供義賣．1995）

《在生命中追尋的愛（劉墉演講專輯）》（伊甸社會福利基金會．只供義賣．1996）

《愛的變化與飛揚（劉墉演講專輯）》《在靈魂居住的地方（有聲書）》（水雲齋．只供義贈盲胞．1998）

譯作：

《死後的世界（瑞蒙模第原著）》（水雲齋．1979）

《顫抖的大地（劉軒原著）》（水雲齋．1992）

詩、散文、小說：

《螢窗小語（第一集）》（水雲齋．1973）
《螢窗小語（第二集）》（水雲齋．1974）（中山學術文化基金獎助）
《螢窗小語（第三集）》（水雲齋．1975）（中山學術文化基金獎助）
《螢窗小語（第四集）》（水雲齋．1976）
《螢窗隨筆（詩畫散文集）》（水雲齋．1977）
《螢窗小語（第五集）》（水雲齋．1978）
《螢窗小語（第六集）》（水雲齋．1979）
《螢窗小語（第七集）》《真正的寧靜（詩畫散文小說集）》（水雲齋．1982）
《小生大蓋（幽默文集）》（皇冠．1984）
《點一盞心燈》《蘆花》（水雲齋．1986）
《超越自己》《四情》（水雲齋．1989）
《創造自己》《紐約客談》（水雲齋．1990）
《肯定自己》《愛就注定了一生的漂泊》（水雲齋．1991）
《人生的真相》《生死愛恨一念間》（水雲齋．1992）
《冷眼看人生》《屬於那個叛逆的年代》（改寫劉軒原著）《離合悲歡總是緣》（水雲齋．1993）
《衝破人生的冰河》《作個飛翔的美夢》《把握我們有限的今生》（水雲齋．1994）
《我不是教你詐》《迎向開闊的人生》《在生命中追尋的愛》（水雲齋．1995）
《生生世世未了緣》《抓住心靈的震顫》《我不是教你詐2》（水雲齋．1996）
《尋找一個有苦難的天堂》《殺手正傳》《在靈魂居住的地方》《創造雙贏的溝通》（劉軒合著）（水

雲齋・1997）

《攀上心中的巔峰》《我不是教你詐3》《對錯都是為了愛》（水雲齋・1998）

《做個快樂讀書人》《一生能有多少愛》《你不可不知的人性》《面對人生的美麗與哀愁》（水雲齋・1999）

《抓住屬於你的那顆小星星》《愛何必百分百》《把話說到心窩裡》《你不可不知的人性2》（水雲齋・2000）

《愛又何必矜持》《我不是教你詐④》《小姐小姐別生氣》（水雲齋・2001）《因為年輕所以流浪》（超越・2001）

《把話說到心窩裡②》《不要累死你的愛》《創造超越的人生》（水雲齋・2002）《捕夢網・生命的啟示》（超越・2002）《那條時光流轉的小巷（散文選集）》（九歌・2002）

《教你幽默到心田》《母親的傷痕》《愛原來可以如此豁達》（九月出版）（水雲齋・2003）《人就這麼一輩子》《該你出頭了》（超越・2003）

強力推薦劉墉最新代表作

劉墉自述十三歲到五十三歲思想的掙扎

創造超越的人生

人生觀是我們的第二個靈魂，當第一個靈魂跌倒時，第二個靈魂還能把我們扶起來。

請看看作者怎樣由尼采的「精神三變」及王國維的「人生三境」得到啟示，終於建立起「超越自己」、「創造自己」和「肯定自己」的人生觀，這人生觀又如何支持他走出人生一個又一個困境……

◉二十五開一九二頁穿線裝・定價一八〇元・水雲齋文化出版

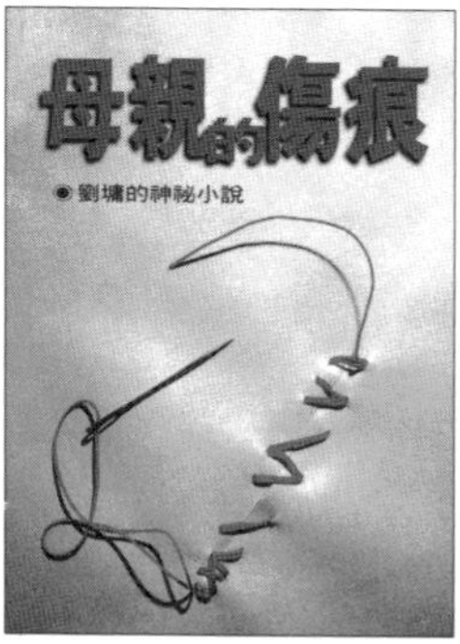

劉墉七年來唯一的短篇小說集

母親的傷痕

浪漫的、親情的、神秘的、詭譎的、諷刺的。

十六篇精采的短篇小說，每篇都有令人驚訝的結局，卻又在寫實中帶有虛幻，使那結局產生神秘的延伸……

◉二十五開二二四頁穿線裝・定價二〇〇元・水雲齋文化出版

以上二書合購特價三〇〇元・掛號寄書・請郵撥15013515號水雲齋文化事業有限公司帳戶

強力推薦劉墉金邊書

神秘的・勵志的・知識的・感性的

捕夢網・生命的啟示

五十四篇精美的散文和生動的極短篇小說，配上劉墉親製的彩色插圖，告訴你——宗教的啟示、植物的啟示、動物的啟示、人生的啟示、成功的啟示和愛的啟示。

◉二十五開二〇八頁穿線裝・定價二〇〇元・超越出版社出版

一百二十四篇勵志短文篇篇精采！

人就這麼一輩子

這本以絕版十五年的劉墉成名作《螢窗小語第四集》增刪改寫重新編排而成的作品，比以前更精采動人，十足展現了劉墉二十多歲時的浪漫情懷與積極的人生觀。再度推出、再度轟動。

◉二十五開一九二頁穿線裝・定價二〇〇元・為慶祝劉墉出版三十週年首版特價一四〇元・超越出版社出版

以上二書合購特價三〇〇元・掛號寄書・請郵撥19282289號超越出版社帳戶

◉劉墉著
愛原來可以如此豁達

國家圖書館出版品預行編目資料

該你出頭了／劉墉著　--初版.
--臺北市：超越, 2003〔民92〕
面；　公分

ISBN　957-98036-8-4（平裝）

855　　92009226

該你出頭了

作者：劉墉
發行人：劉墉
出版者：超越出版社
地址：臺北市忠孝東路四段三一一號八樓之六
郵政劃撥：一九二八二二八九號
電話：（〇二）二七七一七四七二
傳真：（〇二）二七四一五二六六
登記證：局版北市業字第壹陸壹零號
責任編輯：畢蘭馨
校對：司馬特　畢薇薇　何明鴻
總經銷：大地出版社
地址：臺北市內湖區內湖路二段一〇三巷一〇四號
電話：（〇二）二六二七七七四九
印刷：中原造像股份有限公司
地址：臺北縣中和市建康路一三〇號七樓之十一
定價：定價二二〇元・首版特價一五〇元
出版：二〇〇三年七月

ISBN:957-98036-8-4　　Printed in Taiwan